प्रभात रंजन

3 नवंबर, 1970 को सीतामढ़ी (बिहार) में जन्मे प्रभात रंजन हिंदी के प्रमुख युवा लेखक, सम्पादक और पत्रकार हैं। मनोहर श्याम जोशी और उत्तर आधुनिकता पर पीएच.डी. प्रभात का पहला कहानी संग्रह *जानकी पुल* अत्यंत चर्चित रहा। अन्य प्रकाशित कृतियों में राही मासूम रज़ा के टेलिविजन धारावाहिक *नीम का पेड़* का उपन्यास के रूप में रूपांतरण, *स्वच्छंद* (सुमित्रानंदन पन्त की कविताओं का संचयन, अशोक वाजपेयी और अपूर्वानंद के साथ सह-सम्पादन)। *टेलिविजन लेखन* (असगर वजाहत के साथ सह-लेखन), *एंकर रिपोर्टर* (पुण्य प्रसून वाजपेयी के साथ सह-लेखन), *श्रीनगर का षड्यंत्र* (विक्रम चंद्रा के उपन्यास का हिंदी अनुवाद) और *एन फ्रेंक की डायरी* (हिंदी अनुवाद) शामिल।

वे महात्मा गांधी विश्वविद्यालय की पत्रिका *बहुवचन* के सम्पादक, उसी विश्वविद्यालय की अंग्रेजी पत्रिका *हिंदी* के सह-सम्पादक, *आलोचना* के संयुक्त सम्पादक और प्रसिद्ध हिंदी दैनिक *जनसत्ता* में सहायक सम्पादक रहे हैं।

उन्हें *जानकी पुल* कहानी के लिए 'सहारा समय कथा सम्मान' और *जानकी पुल* संग्रह के लिए 'प्रेमचंद कथा सम्मान' मिला है। सम्प्रति : दिल्ली विश्वविद्यालय के ज़ाकिर हुसैन सांध्य महाविद्यालय में हिंदी अध्यापन और http://jankipul.com/ का मॉडरेशन।

बोलेरो क्लास

प्रभात रंजन

वाणी प्रकाशन

वाणी प्रकाशन
4695, 21-ए, दरियागंज, नयी दिल्ली 110 002

शाखा
अशोक राजपथ, पटना 800 004

फ़ोनः +91 11 23273167 फ़ैक्सः +91 11 23275710

www.vaniprakashan.in
vaniprakashan@gmail.com

BOLERO CLASS
by Prabhat Ranjan

ISBN : 978-93-5229-046-8
Collection of Stories

प्रथम संस्करण 2011
द्वितीय (वाणी) संस्करण 2015
मूल्यः ₹ 200

सांखला प्रिंटर्स, शिवबाड़ी रोड, बीकानेर-334 003 में मुद्रित

वाणी प्रकाशन का लोगो मक़बूल फ़िदा हुसेन की कूची से

अनुक्रम

इंटरनेट, सोनाली और सुबिमल मास्टर की कहानी

मुजफ्फरपुर वाले दिवाकर भइया का ईमेल आया था। लिखा था पिछले कुछ समय से मुझे तरह-तरह के ईमेल आने लगे हैं। कई मेल अलग-अलग विदेशी संस्थाओं के नाम से आए जिनमें यह सुखद सूचना है कि मेरे ईमेल पते को लकी ड्रा के आधार पर अलां या फलां पुरस्कार के लिए चुना गया है। पुरस्कार की राशि लाखों डॉलर या पाउंड में होती है।

पिछले महीने एक मेल आया जिसमें लंदन के पते वाली एक संस्था ने मुझे सूचित किया कि उनकी पुरस्कार समिति ने मुझे पाँच मिलियन पौंड की पुरस्कार राशि के लिए चुना है। लिखा था कि पुरस्कार प्राप्त करने के लिए मुझे कुछ औपचारिकताएं पूरी करनी होंगी। पहली औपचारिकता के तौर पर बायोडाटा, पत्र-व्यवहार का पता, फोन नंबर आदि की मांग की गई थी। मैंने ईमेल से वह औपचारिकता पूरी कर दी। अगला मेल आया कि इतनी बड़ी पुरस्कार राशि विदेश में आपके पास भेजने के लिए कुछ कागजात बनवाने पड़ेंगे, पुरस्कार की राशि चूंकि आपको चेकस्वरूप दी जा रही है इसलिए कागजात आदि बनवाने का खर्च आपको वहन करना पड़ेगा। यह खर्च नकद में करना होगा इसलिए भारत में आप हमारे निम्न बैंक के खाते में पचास हजार रुपए जमा करवा दें। पंद्रह दिनों के भीतर पुरस्कार राशि का चेक आपके द्वारा बताए पते पर कूरियर से प्राप्त हो जाएगा।

तुम तो जानते हो एलआईसी की नौकरी में इतना पैसा बचता कहाँ है कि नकद भिजवा सकूं। तभी मैंने दिल्ली के टाइम्स ऑव इंडिया में समाचार पढ़ा कि इंटरनेट के माध्यम से दिल्ली से सटे गुड़गांव में छह महीने के दौरान करीब दर्जन भर लोग ठगे जा चुके हैं। समाचार पढ़कर मुझे लगा हो न हो यह वैसा ही मामला हो। मैंने उस मेल का अब तक कोई जवाब नहीं दिया है...वैसे उनकी ओर से तकाजे आते जा रहे हैं।

अभी मैं पाँच मिलियन पौंड के पुरस्कार वाले इस ईमेल से जूझ ही रहा था कि पिछले सप्ताह एक और ईमेल आया जिससे मैं बड़ा परेशान हुआ। मेल

करने वाले ने लिखा कि वह नाइजीरिया के एक निर्वासित राजकुमार का एटार्नी है। लिखा है मेरे बारे में अच्छी तरह पता करने के बाद वे इस निष्कर्ष पर पहुंचे हैं कि मैं उस निर्वासित राजकुमार की करोड़ों की संपत्ति की उचित देखभाल करने के लिए योग्य व्यक्ति हूँ। इस मेल में भी लिखा है कि इससे पहले कि उनकी संपत्ति मेरे नाम हस्तांतरित हो जाए मुझे कुछ कागजी कार्रवाइयों की औपचारिकताओं से गुजरना पड़ेगा।

मैं कुछ समझ नहीं पा रहा हूँ। बैंक खाते में भले धन का अभाव रहता हो मेरे ईमेल खाते में इस तरह से आभासी रूप में करोड़ों रुपए जमा होते जा रहे हैं। मेरे तो कुछ समझ में नहीं आ रहा है...पत्नी सलाह देती रहती है कि ईमेल का कनेक्शन कटवा दीजिए नहीं तो किसी दिन किसी चाल में फंस जाइएगा...तुम ही कुछ सलाह दो...क्या करना चाहिए?

मैं सलाह क्या देता मुझे तो सुबिमल मास्टर की कहानी याद आने लगी है...

जिस दिन सुबिमल भगत मास्टर साहब ने इंटरनेट साइट इंडियन टीवी डॉटकॉम पर समाचार पढ़ा समझिए उसी दिन से उनके जीवन की नई कहानी शुरू हो गई—कुसुमाकर ने किसी सधे हुए किस्सागो की तरह बताया। उस दिन सुबिमल भगत ने अपने सहकर्मी से एक और बात कही—*अब मेरे सपने जल्दी ही पूरे हो जाएंगे।* लैंसडाउन के माउंट कैलाश कान्वेंट स्कूल में हिंदी पढ़ाने वाले कुसुमाकर जी भी उस खबर को ध्यान से पढ़ने लगे।

इससे पहले कि कहानी आगे बढ़े मैं इस कहानी की छोटी-सी कहानी भी आपको बता देना चाहता हूँ। कुसुमाकर तिवारी मेरा सहपाठी था। मुजफ्फरपुर के एस.आर. ओरिएंटल स्कूल से हमने मैट्रिक की परीक्षा साथ ही पास की थी। बरसों बाद एक दिन ट्रेन में उनसे भेंट हो गई। मैं मुंबई जा रहा था वह भी उसी ट्रेन में था...ट्रेन में ही नहीं मेरी ही बोगी में भी।

संयोगवश ऐसा भी हो जाता है...

*अरे, आर. एस. तुम कहाँ जा रहे हो? इतने दिनों से तुम्हारी कोई खबर ही नहीं। दिल्ली क्या गए हमें भूल ही गए...*मिलते ही एक सांस में बोलने लगा। वैसे बड़े दिनों बाद किसी ने रविशंकर की जगह स्कूल के उस पुराने नाम आर. एस. से बुलाया था, मैं पुराने दिनों में खोने लगा।

दिल्ली में रहते हो कभी लैंसडाउन आओ घूमने। अरे, मैंने तो बताया ही नहीं बीएड करने के बाद वहीं माउंट कैलाश स्कूल में हिंदी टीचर का विज्ञापन

आया, मैंने अप्लाई कर दिया और मेरा सेलेक्शन हो गया। पाँच साल हो गए तब से वहीं हूँ। प्रकृति के इतने पास रहकर काम करने का मौका कहाँ मिलता है—मैंने ध्यान दिया कि वह पहले की ही तरह जल्दी-जल्दी बोलता है। क्या इंसान की आदतें कभी नहीं बदलतीं...

आजकल तुम क्या कर रहे हो?

एक राष्ट्रीय हिंदी दैनिक में कुछ साल काम करने के बाद नौकरी छोड़कर मुंबई जा रहा हूँ टेलिविजन धारावाहिक लिखने के चक्कर में...

नौकरी क्यों छोड़ दी? उसे जैसे विश्वास नहीं हो पा रहा था।

वैसे ही, संपादक कहता था रोज खाने-पीने की नई से नई जगहों के बारे में जानकारी जुटाकर लाओ...फिल्मी सितारों के जीवन के बारे में ऐसे-ऐसे गॉसिप लिखो जैसे किसी ने सुने तक न हों...फैशन के बारे में पता रखो...एक दिन मैंने संपादक से कह दिया कि मनोरंजन के बारे में लिखने से अच्छा मुझे यह लगता है कि मनोरंजन की दुनिया में ही लेखक बनने की कोशिश की जाए। टेलिविजन सीरियल लिखा जाए। संपादक ने छूटते ही कहा आप इस्तीफा दे दें और आराम से अपना यह शौक पूरा करने जा सकते हैं। मेरे लिए उसने कोई ऑप्शन ही नहीं छोड़ा। वैसे मेरे कुछ दोस्त हैं वहाँ उनसे मैंने बता दिया है। जा रहा हूँ तो काम भी उम्मीद है मिल ही जाएगा।

वह भी इसी तरह मुंबई गया था एक दिन लेखक बनने—कहकर वह रहस्यात्मक ढंग से मुस्कुराने लगा।

अब इतने दिन बाद मिले हो तो अपने स्टुडेंट्स की तरह पहेलियां मत बुझाओ। किसकी बात कर रहे हो—मैंने लगभग खीझते हुए कहा।

सुबिमल भगत की—उसने धीरे से होंठ दबाते हुए कहा।

आगे इस कहानी में जो टुकड़ा-टुकड़ा दास्तान दी गई है वह उसी सुबिमल भगत की कहानी है जो कुसुमाकर जी ने मुझे सत्ताईस घंटे की उस यात्रा के दौरान सुनाई थी। इतने दिनों के बाद इस कहानी को लिखने बैठा हूँ अब कह नहीं सकता कितनी कहानी भूल गया...मुझे तो उस मशहूर लेखक की बात याद आ रही है जिसे पढ़कर मेरे मरहूम उस्ताद ने लेखक बनने का फैसला किया था—समय गढ़ा जाता है याद से और याद गढ़ी जाती है ज्यादातर भुलक्कड़पन से...

कहानी सुबिमल मास्टर की याद से शुरू हुई थी...

इंडियन टेलिविजन डॉटकॉम पर वह खबर देश के एक महत्त्वपूर्ण औद्योगिक घराने के मनोरंजन चैनल छवि टीवी के हवाले से दी गई थी। लिखा था छवि टीवी ने धारावाहिक लिखने वाले नए लेखकों की खोज के लिए एक प्रतियोगिता का आयोजन करने का फैसला किया है। इसमें लेखकों से धारावाहिकों के लिए नए-नए आइडिया मांगे गए थे। लिखा था जिन लेखकों के धारावाहिक आइडिया चैनल को पसंद आएंगे उनको लेखन के लिए आमंत्रित तो किया ही जाएगा लिखने के लिए बहुत अच्छा मेहनताना भी दिया जाएगा। पढ़ने के बाद सपने पूरे होने जैसी कोई बात कम से कम कुसुमाकर को तो समझ में नहीं आई।

माउंट कैलाश स्कूल में हिंदी पढ़ाने वाले कुसुमाकर जी शायद एकमात्र ऐसे व्यक्ति थे जो यह जानते थे कि कंप्यूटर के शिक्षक सुबिमल भगत कहानियां लिखने का शौक रखते थे। वैसे मेरा यह कहना गलत होगा कि कुसुमाकर जी उनके एकमात्र पाठक थे। चार साल पहले उनकी एक कहानी *अबला कि सबला* अनियतकालीन पत्रिका *सबकी सोच* में छप चुकी थी और उसे पढ़कर उनके पास एक पाठक का पत्र भी आया था। उस पत्रिका के अगले अंक में उस कहानी पर दो पाठकों की प्रतिक्रिया भी छपी थी। वे हिंदी के बहुपठित लेखक हो गए होते अगर घर और नौकरी की जिम्मेदारियों ने उनकी प्रतिभा और श्रम का दोहन न किया होता।

जब से लैंसडाउन की सुरम्य वादियों में बने इस स्कूल में उन्होंने पढ़ाना शुरू किया था उनके अंदर का लेखक फिर जाग उठा था। उन्होंने कई कहानियां इस बीच लिखीं और उन कहानियों के इकलौते पाठक होते कुसुमाकर जी। एक तो शायद इसलिए क्योंकि कुसुमाकर जी हिंदी के अध्यापक थे। दूसरा कारण जो था असल में यह उनकी दोस्ती का गहरा कारण बना वह यह कि स्वयं कुसुमाकर जी हिंदी में गीत लिखते थे। कहीं छपे थे या नहीं यह बात तो उन्होंने नहीं बताई मगर उनके गीतों का कम से कम स्कूल में तो जलवा था ही। इसका अंदाजा इस बात से लगाया जा सकता है कि स्कूल में किसी भी तरह का कोई कार्यक्रम होता उनके गायन के बिना संपन्न नहीं होता था। वे अपने गीतों का सस्वर पाठ भी बहुत बढ़िया करते थे। उनके लिखे गीतों पर टिप्पणी करने का तो मैं स्वयं को अधिकारी नहीं समझता लेकिन यह कहने में मुझे कोई संकोच नहीं कि उनका स्वर बहुत अच्छा था।

बात सुबिमल भगत के कथा लेखन के संदर्भ में हो रही थी। अपनी हर कहानी लिखकर सबसे पहले वे कुसुमाकर को ही पढ़ने के लिए देते। जब वह उसकी नोक-पलक दुरुस्त कर देता तो वे उसको बाकायदा हिंदी में टाइप

करवाते। शुरू में तो वे हिंदी में टाइप करना नहीं जानते थे जब उन्होंने अपना कंप्यूटर लिया तो धीरे-धीरे हिंदी में टाइप करना भी सीख लिया। टाइप करवाने या करने के बाद उस कहानी को अलग-अलग पत्रिकाओं में भेजते।

वे या तो लौट आतीं या उनके बारे में पहुंचने तक की सूचना पत्रिका के संपादक की ओर से नहीं आती। यह उनका दुर्भाग्य था या उन पत्रिकाओं का यह कहने का मैं स्वयं को इसलिए अधिकारी नहीं समझता क्योंकि मैंने उनकी कहानियां पढ़ी नहीं थीं और केवल कुसुमाकर जी की उस दास्तान के आधार पर मैं कोई टिप्पणी करना नहीं चाहता...उनकी कहानी किसी पत्रिका में दोबारा नहीं छपी।

लेकिन इससे उनका उत्साह भंग नहीं हुआ। *हाँ बातों में थोड़ी तल्खी जरूर आ गई थी*—कुसुमाकर ने बताया, *और लेखन में भी*। बाद में उन्होंने जब कंप्यूटर पर हिंदी में टाइप करना सीख लिया तो सीधा कंप्यूटर पर ही वे अपनी कहानी लिखने लगे। कहानी लिखकर उसका प्रिंट आउट निकालकर कुसुमाकर को दे देते। जब वह उसे पढ़कर वापस लौटाता तो उसके सुझावों के अनुसार कहानी को ठीक करते और सहेज कर रख देते।

...कहते काफ्का की ज्यादातर रचनाएं उसके मरने के बाद ही छपीं...आज उसकी गिनती दुनिया के महानतम लेखकों में की जाती है। अभी मैंने उसी दिन एक वेबसाइट पर पढ़ा कि शेक्सपियर के बाद संसार में सबसे अधिक शोध काफ्का की रचनाओं को लेकर ही हो रहे हैं। फिर वे मुस्कुराते हुए कुसुमाकर जी से कहते एक दोस्त के कारण ही काफ्का की रचनाएं पाठकों के समक्ष प्रकाशित होकर आ सकीं। मैंने पढ़ा है कि काफ्का ने अपने उस दोस्त को अपनी सारी रचनाएं देते हुए कहा था कि इन्हें मेरे मरने के बाद नष्ट कर देना। उसने काफ्का की रचनाएं छपवा दीं। आज उनके उस दोस्त का नाम भी सब जानते हैं। फिर जोर से ठहाका लगाते हुए वह कहता—क्या पता मेरी इन रचनाओं से ही आपकी प्रसिद्धि लिखी हो। एक दिन लोग आपको हो सकता है प्रसिद्ध लेखक सुबिमल भगत के दोस्त के रूप में याद करें...वैसे हो सकता है वह दिन देखने के लिए शायद मैं जीवित न रहूँ...कहते-कहते वे कुछ दार्शनिक हो जाते...

एक बात है वह जो भी लिखता मुझे जरूर दिखाता—कुसुमाकर ने मेरे कंधे पर धप्पा मारते हुए कहा।

इसीलिए जब उन्होंने मुझे वह समाचार पढ़ने के लिए कहा तो उसे पढ़ने के बाद मुझे यह तो समझ में आया कि इस समाचार के माध्यम से मुझे यह बता

रहे हैं कि वे उस चैनल के कि उस तथाकथित प्रतियोगिता के लिए धारावाहिक के आइडिया डेवलप करने के काम के माध्यम से अपने कथा-लेखन को एक नया आयाम देना चाहते हैं—एक नई दिशा देना चाहते हैं—कुसुमाकर किसी किस्सागो की तरह धाराप्रवाह बोल रहा था। शायद बच्चों को पढ़ाने के कारण उसे इस तरह धाराप्रवाह बोलने की आदत पड़ गई हो—मैंने लक्ष्य किया वह पहले से काफी रोचक अंदाज में बोलने लगा था।

लेकिन इससे उनके सपने पूरे होने वाली बात मुझे समझ में नहीं आई—फिर उसने आंखें दबाते हुए कहा—*अब कहानीकार बनना भी तो उनका एक बड़ा सपना था। इतनी कहानियां लिखने के बाद भी वह सपना सचाई के कितने करीब आया यह मुझसे अधिक कौन जानता था। उनकी ज्यादातर कहानियां मेरे अलावा शायद ही कोई और पढ़ पाया हो। आखिर मैंने उनसे पूछ ही लिया—एक बात तो समझ में आ गई भगत जी आप धारावाहिक लेखन की इस प्रतियोगिता का हिस्सा बनकर व्यावसायिक लेखक के रूप में ख्याति और धन दोनों अर्जित करने का विचार बना रहे हैं। अच्छा विचार है। लेकिन दूसरी बात जो मेरी समझ में नहीं आई वह यह कि इस प्रतियोगिता में तो हजारों लोग भाग लेंगे फिर आपको यह कैसे लगता है कि सफलता आपको ही मिलेगी?*

देखिए दुर्भाग्य से हमारे यहाँ लेखन के क्षेत्र में सफलता-असफलता का अधिक संबंध इससे नहीं होता कि लेखक कितना प्रतिभाशाली है वह अच्छा लिख सकता है या नहीं। इस बात का अधिक संबंध इससे होता है कि उस लेखक का संबंध किस विचारधारा से है, उसकी चर्चा कौन कर रहा है, आदि-आदि। आपको शायद नहीं पता हो लेकिन व्यावसायिक लेखन में भी इसी तरह का भाई-भतीजावाद चलता है या इससे भी ज्यादा शायद?—वे इतनी गंभीरता से अपने विचार व्यक्त कर रहे थे मानो किसी व्याख्यानमाला में भाषण दे रहे हों।

जब आप लेखन की दुनिया की इस कड़वी सचाई से इतनी अच्छी तरह वाकिफ हैं तो भी आप इतने दिनों से साहित्य-लेखनरत हैं इसके लिए मैं आपके लगन की दाद देता हूँ। लेकिन अब टीवी फिल्म की दुनिया की चकाचौंध के पीछे आप कहाँ भाग रहे हैं—कुसुमाकर ने उनको कुछ समझाने के अंदाज में कहा। *वैसे भी इस तरह का लेखन तो आपने कहीं से सीखा नहीं कैसे करेंगे?*—थोड़ा हिचकते हुए ही सही कुसुमाकर ने उनसे यह सवाल कर डाला।

आप तो कवि हैं। आपने वह शेर तो सुना होगा—जो इश्क करने का ढब जानते हैं/वो तरकीब-वरकीब सब जानते हैं। वैसे आप मुझसे यह सवाल

इसीलिए पूछ रहे हैं क्योंकि मैं आपके साथ इस स्कूल में पढ़ाता हूँ। क्या किसी ने कभी कमलेश्वर या वैसे सभी बड़े कहे जाने वाले लेखक से पूछा कि उन्होंने इतनी फिल्में किस से सीखकर लिखीं। मैं आपकी बात समझता हूँ कि जब मैं इस बात को जानता हूँ कि टीवी-सिनेमा में सफलता उसी को मिलती है जिसकी वहाँ अच्छी तरह जान-पहचान होती है फिर मैं क्यों प्रयास कर रहा हूँ। आपको बता दूं कि इसका जवाब उसी समाचार में छिपा है।

उसमें ऐसा तो कुछ भी नहीं है—कुसुमाकर ने कुछ चिढ़ते हुए कहा।

लगता है आपने ठीक से विज्ञापन नहीं पढ़ा। उस समाचार के साथ चैनल के एक कार्यकारी निर्माता का नाम भी छपा है—इस बार सुबिमल जी ने कुछ रहस्यात्मक अंदाज में कहा।

छपा तो है...लेकिन वह तो किसी महिला का नाम है...सोनाली गौतम...अब आप यह मत कहने लगिएगा कि आप उस महिला को जानते हैं। अगर जानते होते तो आप यहाँ इस स्कूल में न पढ़ा रहे होते—कुसुमाकर का धीरज जवाब देने लगा।

जवाब में कुसुमाकर के कंधे पर हाथ रखकर सुबिमल भगत जी ने कहा—यह एक लंबी कहानी है...

लैंसडाउन के पहाड़ी कस्बे के एकांत में जिस लंबी कहानी की चर्चा हो रही है उसकी शुरुआत करीब सात-आठ साल पहले सुबिमल जी की जन्मस्थली मुजफ्फरपुर में हुई थी। तब बीए पास करके शहर में नए-नए खुले जेनिथ कंप्यूटर इंस्टीट्यूट में वे कंप्यूटर का कोर्स कर रहे थे।

नहीं यह समझने की गलती मत कीजिएगा कि छवि टीवी की जिस कार्यकारी निर्माता सोनाली गौतम का नाम ऊपर समाचार के संदर्भ में आया था उसने भी वहीं उसी इंस्टीट्यूट में कंप्यूटर कोर्स में दाखिला लिया वहाँ उसकी जान-पहचान अपने कथानायक सुबिमल जी से हुई होगी।

नहीं-नहीं यह कहानी इतनी सहज इतनी सरल होती तो न कुसुमाकर ने मुझे सुनाई होती न ही मैं इसे आपको सुना रहा होता। क्या क्या करूं वक्त ही ऐसा आन पड़ा है कि कुछ भी सहज सरल नहीं रह गया है...

उस समय मुजफ्फरपुर में एसडीओ बनकर आए हुए थे हरिनारायण गौतम—एसडीओ का मतलब नहीं समझे हिंदी में कहूँ तो अनुमंडल अधिकारी। थे तो प्रोमोटी लेकिन नए-नए विचारों के हामी समझे जाते थे। उनको यह शौक चढ़ा कि कंप्यूटर सीखा जाए। चर्चा थी कि कल्याणी चौक के मशहूर व्यापारी

रामा साहनी जब नेपाल की राजधानी काठमांडू छुट्टी मनाने गए तो वहाँ से सोनी कंपनी का एक लैपटॉप लेकर आए और उसे उन्होंने एसडीओ साहब को भेंट कर दिया। शहर के अधिकारियों को वे इसी तरह उपहार दिया करते थे। अब इतना सुंदर इतना महंगा लैपटॉप आ गया तो यह बहुत आवश्यक था कि उसे सीखा जाए। शहर में जेनिथ कंप्यूटर इंस्टीट्यूट कंप्यूटर सिखाने का तब अकेला इंस्टीट्यूट था इसलिए उसके मालिक को उन्होंने खबर भिजवाई कि कंप्यूटर सिखाने के लिए कोई अच्छा आदमी भेज दो। इस तरह सुबिमल भगत जी की एंट्री एसडीओ साहब के घर में हुई।

आप कहेंगे कि कंप्यूटर सीखा भगत जी से एसडीओ चौधरी ने उनकी बेटी सोनाली गौतम सीन में कहाँ से आ गई। उस दिन संपर्क क्रांति एक्सप्रेस के डिब्बे में कुसुमाकर ने भी यही बात कही कि उसने भी टोका था सुबिमल को कहानी में इस मोड़ पर। जवाब में सुबिमल जी अपने स्थान से उठे बगल के कमरे में गए, आल्मारी खोली वहाँ से लकड़ी का एक बक्सा निकाला और उसे लेकर फिर से कुसुमाकर के पास आए।

बक्से में क्या था—मेरा कौतूहल बढ़ता जा रहा था।

लकड़ी के उस बक्से में बहुत सारे प्रिंट आउट थे। उन्होंने मुझे बताया वे सोनाली के ईमेल थे। मैंने वे सारे मेल बाद में पढ़े भी थे। उसमें कुछ ऐसा तो नहीं था जिसे कुछ-कुछ और समझा जा सके। वैसे मुझे तो आज भी शक है कि वे ईमेल उस सोनाली गौतम के भेजे हुए थे। नाम की जगह पर उसमें केवल सोनी लिखा रहता था। अगर उसके भेजे मेल रहे भी हों तो भी उन पत्रों में कुछ ऐसा वैसा तो था नहीं कि उन्हें इतने दिनों तक इतना सहेज कर रखा जाए। उन पत्रों को मैंने बहुत ध्यान से पढ़ा था उनमें सामान्य सी सूचनाएं होती थीं। ज्यादातर पढ़ाई लिखाई की...उसके अलावा कुछ मेल हैप्पी दीवाली - हैप्पी न्यू ईयर टाइप थे। उसमें एक मेल मुझे हैप्पी बर्थ डे का भी दिखा था। लेकिन इस तरह के मेल में कोई ऐसी बात नहीं। वैसे भी सोनाली दिल्ली विश्वविद्यालय में पढ़ती थी। वहाँ के माहौल में लड़के-लड़कियों की दोस्ती को खराब नहीं समझा जाता—कुसुमाकर उनकी कहानी में अपना एंगल डाल रहा था।

एसडीओ गौतम ने कंप्यूटर सीखा या नहीं इसका इस कहानी से क्या वास्ता? कंप्यूटर सिखाने की इस कथा में रोचक मोड़ तब आया जब गर्मी की छुट्टियों में उनकी लड़की का दिल्ली से मुजफ्फरपुर आगमन हुआ। साहनी सेठ ने अपना लैपटॉप एसडीओ साहब को देने का निर्णय इसलिए किया था क्योंकि खरीद तो लिया था कि सीखेंगे, लेकिन वे जल्दी ही समझ गए कि उनके लिए

उसका कोई ख़ास उपयोग नहीं था, उसी तरह बेटी के आने के बाद अचानक उनको उस लैपटॉप में एसडीओ साहब को अपनी बेटी का भविष्य दिखाई देने लगा। उन्होंने बेटी को सलाह दी कि छुट्टी में यहाँ आई है तो लगे हाथ कंप्यूटर सीख ले और छुट्टियों के बाद अपने साथ यह लैपटॉप भी ले जाए। पहले तो उनकी बेटी अपने पापा की इस सलाह पर बहुत हँसी कि मुजफ्फरपुर जैसे शहर में कंप्यूटर सीखने की भी आपको खूब सूझी। लेकिन जब पापा ने छुट्टियों के सदुपयोग की बात उसे समझाई तो शायद इतने खूबसूरत लैपटॉप के चक्कर में वह कंप्यूटर सीखने को तैयार हो गई। एसडीओ साहब ने इस बार खबर जेनिथ कंप्यूटर सेंटर नहीं भिजवाई। उनका अर्दली इस बार सुबिमल भगत को सीधा बुलाने गया।

दो महीने की छुट्टी में जब तक सोनाली वहाँ रही रोज सुबिमल जी उसे कंप्यूटर सिखाने जाते रहे। कंप्यूटर पर टाइप करना, इंटरनेट का उपयोग करना सब सबसे पहले सुबिमल जी ने ही सिखाया उसको। इतने सालों के बाद भी जब सुबिमल जी सोनाली गौतम के बारे में बताते तो इस तरह बताते जैसे कल की ही बात हो—कुसुमाकर ने बताया। इस बात को वे अक़्सर बताते कि किस कदर वह उनके कंप्यूटर ज्ञान से प्रभावित थी। कहती आपको तो दिल्ली में होना चाहिए। वहाँ इतने कंप्यूटर इंस्टीट्यूट हैं कि मत पूछिए। उससे भी कमाल की बात यह है कि हर इंस्टीट्यूट में भीड़ उतनी ही रहती है। आप अगर एक बार दिल्ली आ जाएं तो जेनिथ इंस्टीट्यूट से बड़ा तो आपका अपना इंस्टीट्यूट हो जाएगा।

अपने निजी जीवन के बारे में वे किसी से बात नहीं करते थे लेकिन कुसुमाकर को उन्होंने एक बार बताया था कि उनकी अपनी छोटी बहन की शादी के लिए दहेज के पैसे जमा कर रहे हैं। लाखों रुपए खर्च करने पर किसी अच्छे लड़के से बहन की शादी हो पाएगी। वे जब पढ़ाई कर रहे थे तब उनके पिताजी का देहांत हो गया था। उन्होंने बताया तो नहीं था लेकिन उनके बायोडाटा में उसने उनके पिता का नाम कई बार पढ़ा था स्वर्गीय विनोद बिहारी भगत। एक बार उन्होंने कुसुमाकर को बताया था कि घर की जिम्मेदारियों की वजह से वे ग्रेजुएशन के बाद दिल्ली पढ़ने नहीं जा सके जबकि उनके सारे दोस्तों ने आगे पढ़ने या नौकरी करने के लिए दिल्ली का रुख किया। उन्होंने वहीं कंप्यूटर कोर्स में दाखिला ले लिया। भाग्य में सोनाली से मिलना जो लिखा था...

कहने को तो दो महीने के लिए ही सोनाली को उन्होंने कंप्यूटर सिखाया लेकिन उन दो महीनों में ही उनके जीवन की जैसे धुरी ही बदल गई। ट्यूशन

में तो घंटे से ज्यादा शायद ही किसी को पढ़ाते रहे हों सुबिमल मास्टर पर जब सोनाली को वे कंप्यूटर सिखाने जाते तो समय उनके लिए जैसे थम जाता था। इतने करीब बैठती थी सोनाली उनके...न जाने कौन-सा सेंट लगाती थी आज भी उसकी याद आती है तो नथुनों में वही गंध भर जाती है—एक बार उन्होंने कुसुमाकर को बताया था। इतनी यादें जुड़ी हुई थी उनकी उस सोनाली नाम की युवती के साथ। उन सब यादों को उन्होंने इस तरह संजोकर रखा था जैसे वह उनके जीवन की कोई अमूल्य निधि हो। अपने जीवन से जुड़े उस प्रसंग की एक-एक बात कुसुमाकर को ऐसे बताते जैसे अपने खजाने से कोई अमूल्य खजाना दे रहे हों।

छवि टीवी का विज्ञापन क्या आया वे एक दूसरी दुनिया में ही जीने लगे। उस दुनिया में जिसमें सोनाली नाम की उस लड़की की यादें थी, टीवी धारावाहिक लेखन था। कुसुमाकर ने बताया उसके बाद वे जब मिलते तो उस धारावाहिक की बात करते जिसकी कहानी पर वे काम कर रहे थे। वे बताते कि उस धारावाहिक में आजादी के बाद भारत आए एक ऐसे हिंदू परिवार की कहानी है जिसने यहाँ आने के बाद एक मुस्लिम परिवार के साथ साझेदारी में व्यापार आरंभ किया। धारावाहिक में उनके व्यापार के उत्थान-पतन के साथ ही देश में आजादी के बाद हिंदू-मुस्लिम संबंधों में आए बदलावों की कहानी भी साथ-साथ चलेगी। वैसे यह बात तुमको भी सुनकर विचित्र लगेगा कि अपने इस लिखे जा रहे धारावाहिक का कोई अंश भी मुझे पढ़ने के लिए कभी नहीं दिया जबकि उन्होंने जो भी कहानी या उनके शब्दों में साहित्य लिखा उसे मुझे पढ़वाए बिना उन्होंने पूरा नहीं समझा—कुसुमाकर ने बड़े आश्चर्य के साथ बताया।

क्या पता लिखा ही नहीं हो—मेरी यह बात सुनकर वह भी मेरे साथ हंसने लगा।

कुसुमाकर को वे जितना ही सोनाली कथा सुनाते रहे होंगे उतना ही वह जल-भुन जाता होगा—उसका यह स्वभाव छात्र जीवन से ही रहा है और मैंने उस दिन उसके साथ की गई रेलयात्रा के दौरान कई बार यह महसूस भी किया कि उसके इस स्वभाव में कुछ ख़ास परिवर्तन नहीं आया था। शायद इसी जलन के कारण उसने एक दिन सुबिमल जी को छेड़ते हुए कहा कि आपने तो बस नाम देखा और पता नहीं क्या-क्या कहानी बना ली—सीरियल लिखने बैठ गए। आपको कैसे पता कि यह वही सोनाली गौतम है जिसको आपने दो महीने कंप्यूटर सिखाया था। कुसुमाकर की यह बात सुनकर उस दिन वे वहाँ से उठकर चले गए। साफ था कि उनको बात बुरी लग गई थी।

कई दिनों तक उन्होंने कुसुमाकर को दर्शन नहीं दिया। स्कूल में भी उसे देखते तो कटकर निकल जाते। तीन-चार दिनों तक ऐसा ही चलता रहा। एक दिन जब पाँचवीं क्लास के बाद मैं स्टाफ रूम में सांस लेने के लिए बैठा ही था कि वे तेज-तेज कदमों से चलते हुए मेरे पास आए कहने लगे चलिए आपसे कुछ जरूरी बात करनी है। मैंने उनको बहुत कहा कि लगातार पाँच-पाँच क्लास लेने के कारण मैं थका हुआ हूँ। यही एक क्लास खाली है इसके बाद फिर लगातार दो क्लास है। लेकिन वे नहीं माने कहने लगे कि खाली बैठे हैं इसीलिए तो कह रहा हूँ। मुझे लेकर सीधा कंप्यूटर रूम गए। एक कंप्यूटर में कोई फाइल खोली और मुझे कुर्सी पर बिठाते हुए बोले ध्यान से पढ़िए उसी का इंटरव्यू छपा हुआ है। इंटरव्यू तो पुराना है लेकिन आपकी शंका का समाधान हो जाएगा।

इंटरव्यू किसी सोनाली गौतम का था...

इंटरव्यू में ऐसा कुछ नहीं था। टेलिविजन की गतिविधियों से संबंधित किसी वेबसाइट पर छपे उस इंटरव्यू में कई टेलिविजन चैनलों में निर्माता के रूप में काम कर चुकी सोनाली गौतम को इतनी कम उम्र में इतनी ऊंचाई पर पहुंचने के लिए बधाई दी गई थी। इसके लिए उसने अपने माता-पिता और उन छोटे-छोटे शहरों के अनुभवों को धन्यवाद दिया था जहाँ उसके पिता प्रशासनिक अधिकारी के रूप में काम कर चुके थे। उस इंटरव्यू में उसने मुजफ्फरपुर कस्बे का विशेष रूप से उल्लेख किया था जहाँ उसके पिता ने अलग-अलग पदों पर अनेक वर्षों तक काम किया था। भेंटवार्ताकार किसी रमा सिंह को उसने बताया था कि उस कस्बे के अनेक अनुभव टीवी की दुनिया में बहुत काम आए। इन पंक्तियों को उन्होंने विशेष रूप से हाइलाइट कर रखा था।

वेबसाइट पर सोनाली का इंटरव्यू एक दिलचस्प स्टोरी का हिस्सा थी जिसमें यह बताया गया था कि मुंबई की टेलिविजन इंडस्ट्री में पिछले दस वर्षों में कस्बाई लोगों ने महत्त्वपूर्ण पहचान बनाई थी। उसमें लिखा था सोनाली की तरह अनेक लड़कियों ने इस दौरान दिल्ली-मुंबई में मास कम्युनिकेशन संस्थानों में पढ़ाई की और वे मुंबई की टेलिविजन इंडस्ट्री का हिस्सा बन रही हैं।

पढ़ा—पढ़ने के बाद जैसे ही मैंने नजरें हटाईं पाया वे बेसब्री से कंप्यूटर स्क्रीन से मेरी नजरें उठने का इंतजार कर रहे थे।

पढ़ तो लिया। ऐसा क्या है इसमें, टेलिविजन की दुनिया ऐसे लोगों से भरी हुई है जिन्होंने कम उम्र में सफलता अर्जित की। एकता कपूर का नाम सुना है आपने 24 साल की उम्र में ही धारावाहिक बनाने वाली सबसे बड़ी कंपनी की

मालकिन बन गई...ऐसे न जाने कितने नाम हैं जिनके बारे में पत्र-पत्रिकाओं में छपता रहता है...अब मान लीजिए कि इसको आपने कभी पढ़ाया था...इसके इतने सारे ईमेल का बंडल बनाए आप संभाले फिरते हैं...आपने सोचा है इतने सालों बाद वह आपको पहचान भी पाएगी...रोज-रोज इतने लोगों से मिलना होता होगा...

लगता है आपने इंटरव्यू को ठीक से नहीं पढ़ा। एक बार उसने मुझे ईमेल में लिखा था कि बचपन से लेकर अब तक वह इतने शहरों में रह चुकी है कि उसे सबके नाम भी ठीक से याद नहीं आते...फिर भी इतने शहरों में उसने मुजफ्फरपुर शहर के अनुभवों का ही जिक्र किया है...उसी शहर का जहाँ उससे मेरी मुलाकात हुई थी...पढ़कर आपको नहीं लगा वह मुजफ्फरपुर को नहीं मुझे याद कर रही थी...

आप जिसके बारे में पता नहीं क्या-क्या सोच रहे हैं आपने यह जानने की कोशिश की है कि वह आपको पहचानती भी है या नहीं। दो महीने कंप्यूटर क्या सिखाया समझते हैं कि जीवन भर आपको इसके लिए वह याद करेगी...आप समझते क्यों नहीं हैं वह समाज के जिस तबके से आती है उसमें किसी से खुलकर बातें करना, किसी को ईमेल करना कोई ऐसी बात नहीं होती जैसा आप समझते हैं या कम से कम मुझे समझाने का प्रयास कर रहे हैं...कुसुमाकर ने जैसे उनको जमीन पर लाने का प्रयास करते हुए कहा।

मैं जानता था आप जैसे लोग क्या सोच सकते हैं। आपको मैं एक और बात बताना चाहता हूँ। आपने तो उस समाचार को ध्यान से पढ़ा था, छवि टीवी वाले उस समाचार के साथ एक ईमेल पता भी दिया हुआ था—याद है आपको। उस पर मैंने मेल किया था। लिखा था मैं धारावाहिक लेखन की इस प्रतियोगिता में हिस्सा लेना चाहता हूँ। मैं यानी सुबिमल भगत जिसका स्थायी पता पंखा टोली, मुजफ्फरपुर है। तुरंत जवाब आ गया कि हमें आप जैसे लेखकों की ही तो तलाश है। यह देखिए...कहते हुए उन्होंने मेरे सामने कागज का एक टुकड़ा रख दिया, कुसुमाकर ने बताया।

अब इससे यह तो नहीं साबित होता कि उसने आपका मेल पढ़ा भी हो। अरे इस तरह के जवाब तो उसकी किसी सहायक या सहायिका ने दे दिया होगा जिसे इसी काम के लिए नियुक्त किया गया हो कि इस विज्ञापन के बदले आने वाले मेल के जवाब दिया करे। चलिए आपकी बात मान लेते हैं कि उसने मेल खुद पढ़कर जवाब दिया था लेकिन उसको कैसे पता चला कि आप वही

सुबिमल भगत हैं जिसने उसे बरसों पहले मुजफ्फरपुर में कंप्यूटर चलाना सिखाया था—कुसुमाकर उस दिन उनकी किसी बात को मानने को तैयार नहीं था।

आप चाहे मुझे कितना भी हतोत्साहित करने की कोशिश कर लीजिए मैं धारावाहिक लेखन के इस अवसर को हाथ से जाने नहीं दूंगा...आप जब तक छोटे परदे पर मेरा नाम चमकता हुआ नहीं देख लेंगे लगता है आप तब तक नहीं मानने वाले—जवाब में सुबिमल जी ने कहा। उस दिन से उन्होंने इस प्रसंग में बात करना बंद कर दिया...उस दिन से उन्होंने किसी से भी फालतू बात करना बंद कर दिया। स्कूल में चुपचाप अपनी कक्षाएं लेते और स्कूल खत्म होते ही अपने कमरे में जाकर बंद हो जाते। उनका एक ही लक्ष्य रह गया था छवि टीवी की प्रतियोगिता के लिए धारावाहिक लिखना। शायद कमरा बंद करके वे उसी में लगे रहते। धारावाहिक उन्होंने लिखकर शायद पूरा भी कर लिया इसका पता कुसुमाकर को बाद में तब चला जब एक दिन सुबिमल जी कुसुमाकर से अपनी निजी समस्या की चर्चा करने आ गए।

सचमुच उन्होंने उस बीच धारावाहिक लिखने का काम पूरा कर लिया था। जब उनकी ओर से काम पूरा हो गया तो उन्होंने उसकी एक प्रति उसी ईमेल पते पर चैनल के माध्यम से सोनाली को भेज दी। लेकिन इस बार जवाब तुरंत उस तरह नहीं आया जिस तरह से उनके पहले भेजे गए मेल का आया था। इस बार कोई जवाब ही नहीं आया। उन्होंने कई बार मेल किया, एक बार तो उन्होंने सोनाली को याद भी दिलाया कि वह वही सुबिमल भगत है जिसे वह कंप्यूटर का जादूगर कहा करती थी। आगे यह भी लिखा कि इस बीच अनेक साहित्यिक पत्र-पत्रिकाओं में उसकी कहानियां प्रकाशित हो चुकी हैं। उसने पहली बार धारावाहिक लिखने का प्रयास किया है। उन्होंने एक बार मेल में लिखा—मैं जानता हूँ कि आपको संकोच हो रहा है यह बताने में कि मेरी लिखी पटकथा कुछ कमजोर है। आप बताएंगी तो मैं बिल्कुल बुरा नहीं मानूंगा। आपको मैं विश्वास दिलाता हूँ कि आपके द्वारा बताई गई कमियों को मैं पूरी तत्परता से दूर करूंगा।

कोई जवाब इस बार भी नहीं आया है।

उन्होंने चैनल का फोन नंबर इंटरनेट के माध्यम से प्राप्त किया और उस पर फोन करके वे सोनाली का नंबर प्राप्त करने का प्रयास करते रहे। कम से कम पंद्रह बार फोन करने के बाद तो उसकी पी.ए. का नंबर जाकर मिला। अब उसके पीछे लगा हूँ जब फोन करता हूँ तो कभी कहती है कि मैडम मीटिंग में हैं—कभी कहती है कि मैडम केवल मुंबई में काम करने वाले प्रोफेशनल्स से

ही बात करती हैं...। खैर असल बात यह है कि या तो वह खुद मुझसे मिलना नहीं चाहती है या कोई और है जो नहीं चाहता है कि उसकी लिखी इस कहानी पर धारावाहिक का निर्माण हो। उस दिन बहुत विस्तार से सारा घटनाक्रम भगत जी ने कुसुमाकर को समझाया।

कुसुमाकर चुपचाप उनकी बातों को समझने का प्रयास करता रहा।

मैंने आपको यह बताने के लिए बुलाया है कि मैंने फैसला कर लिया है कि अब मुंबई पहुंचकर ही उसकी नाराजगी दूर करने का प्रयास करना चाहिए।

नाराजगी? अब यह कौन-सी कहानी है?

बात उन दिनों की है जब उनका ईमेल के माध्यम से सुबिमल जी से लगातार पत्र-व्यवहार चल रहा था। ट्रेनिंग इंस्टीट्यूट में पढ़ाते-पढ़ाते उन दिनों उसके अंदर हीनभावना भर गई थी जिसकी वजह से उसने धीरे-धीरे उससे दूरी बरतनी आरंभ कर दी। मन पर पत्थर रखकर उसकी उपेक्षा करने लगा। उसके ईमेल के जवाब देने बंद कर दिए। हो सकता है उस बात से वह इतनी नाराज हो गई हो कि उसने उसके...

भगत जी का निर्णय अटल था। स्कूल में बहाने से छुट्टी की अर्जी डाली और मुंबई जाने वाली सुपरफास्ट ट्रेन का टिकट कटा लिया। उनको गए कई महीने बीत गए। कोई खबर नहीं आई। उनके साहित्यिक मित्र करुणाकर के पास भी नहीं।

जिस दिन खबर आई तो जैसे स्कूल में धमाका हो गया। मुंबई पुलिस की चिट्ठी आई जिसमें उनकी पहचान करने के लिए कहा गया था।

कायदे से तो कहानी उसके स्कूल वालों के लिए यहाँ समाप्त हो जानी चाहिए। मैं क्या कोई भी इस बात का अंदाजा सहज ही लगा सकता है कि उनको लेकर स्कूल में, स्कूल के बाहर किस तरह की खबरें उड़ी होंगी। मैं समझ सकता हूँ कि मेरी तरह आपको भी बड़ी कुलबुलाहट हो रही होगी कि आखिर मुंबई में ऐसा क्या हो गया सुबिमल जी को कि उनको जेल पहुंच जाना पड़ गया।

सच बताऊं तो जिस तरह आपके पास इस विषय में जानकारी प्राप्त करने का मेरे अलावा और कोई स्रोत नहीं है उसी तरह मेरे पास सुबिमल जी की इस कहानी का कुसुमाकर के अलावा कोई और स्रोत नहीं है। वैसे तो मैं पहले भी आपको बता चुका हूँ कि उसकी बातों का मैंने कभी अधिक भरोसा इसलिए नहीं किया क्योंकि उनका स्वभाव कुछ जलनशील रहा है।

कुसुमाकर ने बताया कि टीवी पर अपराध केंद्रित धारावाहिक सनसनी का मुंबई संवाददाता मयंक शेखर संयोग से नैनीताल घूमने आ रहा था और कुसुमाकर किसी सरकारी काम से दिल्ली गया था और वह लौट रहा था। दोनों की रानीखेत एक्सप्रेस में मुलाकात हुई। जब उसको यह पता चला कि मैं माउंट कैलाश स्कूल में पढ़ाता हूँ तो उसने कुछ और ही कहानी बताई।

वे गए तो थे फिल्मी कहानीकार बनने का सपना संजोए संयोग ऐसा बना कि उनकी अपनी कहानी बनती चली गई...वह भी फिल्मी। ट्रेन पकड़कर जब वे मुंबई के लिए रवाना हुए तो उनके सामने एक ही लक्ष्य था—छवि टीवी के ऑफिस जाकर सोनाली से मिलने का प्रयास करना। वह निश्चिंत था एक बार सामने पड़ जाएगा तो सारी गलतफहमियां दूर कर देगा।

मेरा अपना अनुमान है कि मुंबई में ट्रेन से उतरकर सबसे पहले वह टीवी के ऑफिस नहीं गए होंगे। आखिर इतने दिनों के बाद सोनाली से मिलने वाले जो थे। उसके लिए अच्छी तरह तैयार होकर ही जाना उन्होंने उचित समझा होगा। इसलिए सबसे पहले ठहरने का कोई इंतजाम किया होगा। वहाँ सामान रखकर तैयार होकर गए होंगे छवि टीवी के ऑफिस। वहाँ जाने पर उनको समझ में आया होगा कि क्यों सिनेमा-टीवी की दुनिया को सपनों की दुनिया कहते हैं। लगातार मिलने की कोशिश करते रहे होंगे। कई दिनों में जाकर उनको उसकी सेक्रेट्री का नंबर मिला होगा। यही उनके लिए किसी जीत से कम नहीं रहा होगा। वे जब उसको फोन करते जवाब मिलता मैडम मीटिंग में हैं, मैडम व्यस्त हैं। फिर फोन का सिलसिला शुरू हुआ होगा। बार-बार फोन किया होगा...बात नहीं हो पाई होगी...

यह सब पता नहीं कितने दिनों तक चलता रहा...सोनाली ने ओशीवाड़ा पुलिस थाने में जो केस दर्ज करवाया था उसमें लिखवाया था एक आदमी पिछले करीब एक महीने से उसका पीछा कर रहा था। हो सकता है कि केस मजबूत बनाने के लिए उसने यह अवधि बढ़ा-चढ़ाकर लिखवाई हो। लेकिन इससे एक बात का पता तो चलता ही है कि उन्होंने इतने चक्कर वहाँ के जरूर लगाए होंगे कि उनकी गतिविधियों पर लोगों को शक होने लगा होगा।

मयंक ने बताया छवि टीवी की उस कार्यकारी निर्माता सोनाली गौतम ने अपनी रिपोर्ट में यह भी लिखवाया था एक दिन जब रात के डेढ़ बजे ऑफिस में अपना काम खत्म करने के बाद घर जाने के लिए ऑफिस से बाहर निकली...कार पार्किंग की तरफ बढ़ रही थी कि अंधेरे से निकलकर किसी व्यक्ति ने उसके ऊपर हमला किया था...उसे शक है कि वह वही व्यक्ति था

जिसने पहले तरह-तरह के ईमेल भेज कर उसे परेशान करने की कोशिश की, उसे बार-बार फोन करने का प्रयास किया, असंख्य एसएमएस भेजे और फिर हमला करने का प्रयास किया।

उसने रिपोर्ट के साथ एक फोन नंबर भी लिखवाया था। *मुंबई मिरर* समेत अनेक मुंबइया समाचारपत्रों में इस आशय के समाचार भी प्रकाशित हुए—एक प्रसिद्ध टेलिविजन चैनल की वरिष्ठ कर्मी पर हमले का प्रयास। कई समाचारपत्रों ने बॉक्स के साथ छापा कि मुंबई में कैसे देर रात तक काम करने वाले लोगों की यात्रा असुरक्षित होती जा रही है। अनेक टेलिविजन चैनलों के अपराध आधारित कार्यक्रमों में इस समाचार को दिखाया गया। जल्दी ही उनके नंबर के आधार पर पुलिस ने उनको गिरफ्तार कर लिया। एक टेलिविजन चैनल ने उसे पकड़ने वाली पुलिस टीम के एक सदस्य अधिकारी के हवाले से यह बताया कि वह मुंबई के चर्च गेट इलाके के एक संदिग्ध लॉज में ठहरा हुआ था।

जबसे उसके बारे में इस तरह के समाचार प्रकाशित हो रहे थे वह शहर छोड़ कर भागने के चक्कर में था। ट्रेन का टिकट कटाने निकला ही था कि इंतजार में घात लगाकर बैठी पुलिस ने उसे धर दबोचा। उसके पास से पुलिस को विदेशी घड़ियां, कैमरे, हीरे की कई अंगूठियां मिली हैं। पुलिस के सामने उसने कुबूल किया है कि देर रात काम से लौटने वाले लोगों को लूटने वाले एक बहुत बड़े गिरोह का वह सक्रिय सदस्य है। हाल के दिनों में मुंबई की सड़कों पर देर रात घटने वाली अपराध की घटनाएं बहुत बढ़ गई थीं। इस गिरफ्तारी के माध्यम से पुलिस ने एक बहुत बड़े गिरोह का सफाया कर दिया है। एक समाचारपत्र में तो यह भी छपा था कि इस तरह के गिरोह अनेक राज्यों में सक्रिय हैं और इस गिरफ्तारी से यह उम्मीद बढ़ी है कि दूसरे राज्यों में घटी घटनाओं का भी इससे कुछ सुराग मिल जाए...

एक समाचार चैनल ने तो अपने यहाँ प्रसारित होने वाले टॉक शो में इस विषय पर परिचर्चा आयोजित करवाई कि किस तरह महानगरों के सुनसान में महिलाओं के साथ छेड़छाड़ की घटनाएं बढ़ी हैं। परिचर्चा में यह बात उभर कर आई कि ग्लोबलाइजेशन के कारण देश के अनेक शहरों में महिलाओं के लिए रात की पाली में काम के अवसर बढ़े हैं तो दूसरी ओर उनके ऊपर हिंसा भी बढ़ी है। लैंसडाउन के सुबिमल मास्टर समाचार बन गए थे। कुछ दिन तक यह समाचार चलता रहा। समाचारों में उनका नाम भी आता रहा। पौड़ी-गढ़वाल के स्थानीय जीवन में भी इस खबर से सरगर्मी बढ़ गई। एक क्षेत्रीय समाचारपत्र ने लिखा था ये स्कूल पहाड़ की संस्कृति को नष्ट करने का काम कर रहे हैं।

सुबिमल भगत जैसे शिक्षक वहाँ पढ़ाते हैं। स्कूल की ओर से बाकायदा एक विज्ञापन समाचारपत्रों में निकाला गया कि सुबिमल भगत को स्कूल में आए अधिक दिन नहीं हुए थे और वैसे भी वे गाउंट कैलाश स्कूल में अध्यापक नहीं थे। वे तो केवल कंप्यूटर सेंटर में कंप्यूटर आदि की देखरेख का काम करते थे।

कभी-कभी जब मैं अकेले बैठता तो न जाने क्यों उनकी विधवा मां और उनकी उस बहन का बार-बार खयाल आ जाता जिसके दहेज के इंतजाम में उन्होंने अभी तक विवाह तक नहीं किया था। सुबिमल जी का क्या हुआ। कुछ पता नहीं चल पाया। न वे अब तक स्कूल आए न ही अब उनका कोई समाचार आता है—चाय की चुस्की लेते हुए कुसुमाकर ने बताया।

मैंने तुमको बताया नहीं था उसी साल मुझे दिल्ली विश्वविद्यालय में पीएचडी करने के लिए तीन साल की छुट्टी मिल गई और मैं माउंट कैलाश स्कूल के संसार से निकल आया। उनके बारे में कभी फिर समाचारों में भी नहीं पढ़ा। हाँ, यह जरूर है कि इधर मैंने एक धारावाहिक देखा है जिसमें कहानी कुछ उसी तरह की है जैसी एक बार मुझे सुबिमल जी ने सुनाई थी। प्रसारित करने वाले चैनल का नाम तो कोई और है लेकिन जिस बात पर मेरा ध्यान अटका वह था एग्ज़ीक्यूटिव प्रोड्यूसर का नाम।

उसका नाम सोनाली गौतम है...

फ्रांसीसी रेड वाइन

चंद्रचूड़जी की दशा मिथिला के उस गरीब ब्राह्मण की तरह हो गई थी जिसके हाथ जमीन में गड़ी स्वर्णमुद्राएं लग गईं। बड़ी समस्या उठ खड़ी हुई। किसी को बताए तो चोर ठहराए जाने का डर, न बताए तो सोना-मिट्टी एक समान...

कभी-कभी उस दिन को कोसते जिस दिन रितेश उनके लिए विदेश से रेड वाइन की बोतल लेकर आया। उसी दिन से उनका मन तरह-तरह की कल्पनाओं में खोया रहने लगा था। तरह-तरह की योजनाएं बनाने लगा था...

चंद्रचूड़ किशोर, कैशियर, भारतीय जीवन बीमा निगम की नेमप्लेट वाले उस छोटे से घर में उनकी दिनचर्या बड़े नियमित ढंग से चल रही थी। रोज सुबह छह बजे उठकर राधाकृष्ण गोयनका कॉलेज के ग्राउंड का एक चक्कर लगाते, घर आकर एक कप चाय के साथ दैनिक हिन्दुस्तान का नगर संस्करण मनोयोग से पढ़ते, तैयार होते, पत्नी के हाथ का बनाया नाश्ता करते...

ठीक पौने दस बजे रिक्शा पर बैठकर मेन रोड, सीतामढ़ी के अपने ब्रांच ऑफिस के लिए चल देते...

पढ़-लिखकर कुछ बनना चाहते थे। एम.ए. की पढ़ाई के लिए दिल्ली विश्वविद्यालय में फॉर्म भी भरा। मगर होनी को कौन टाल सकता है। पिताजी को एक दिन ऑफिस में ही हार्ट अटैक हुआ। मशहूर डॉक्टर बी.एन. सिन्हा के क्लिनिक में इलाज चला। लेकिन बच नहीं पाए।

पिता श्री कृष्ण किशोर एलआईसी में ब्रांच मैनेजर थे। उनके इस तरह असमय चले जाने से घर की सारी जिम्मेदारी चंद्रचूड़जी के ऊपर आ पड़ी। उच्च शिक्षा का सपना अधूरा छोड़कर उन्होंने अनुकंपा के आधार पर मिल रही नौकरी कर ली। बस एक अंतर आया। पिताजी की तरह इनको मुजफ्फरपुर में नहीं सीतामढ़ी में नौकरी मिली। मां की इच्छा थी। सीतामढ़ी पुश्तैनी गाँव से नजदीक जो था। मां पिताजी के गुजर जाने के बाद से गाँव में ही ज्यादा रहने लगीं। इसलिए सीतामढ़ी में नौकरी करना उनके लिए अधिक सुविधाजनक था।

कोर्ट बाजार मुहल्ले में छोटा-सा घर किराए पर ले लिया। पहले अकेले रहते थे। दो साल पहले विवाह हो गया। रहना तो कुछ दिन और अकेले चाहते थे। मगर मां की इच्छा...बचपन की सहेली की बेटी सीमा से विवाह तय कर दिया। इन्होंने भी बिना ना-नुकुर के हामी भर दी। तबसे अकेलेपन से उनका रिश्ता टूट गया है। बीच-बीच में मां कभी पोता होने के लिए कोई मन्नत मानने, कोई पाठ रखवाने, किसी सिद्ध बाबा की जड़ी देने के लिए आती रहती हैं।

उनकी दिनचर्या भंग नहीं हो पाई थी। सब कुछ उसी तरह से चल रहा था, जो अनुकंपा के आधार पर मिली इस नौकरी के लिए सीतामढ़ी आने के बाद शुरू हुआ था। ऊंचे-ऊंचे सपने नहीं थे उनके, न उच्च शिक्षा प्राप्त न कर पाने का कोई मलाल। कहते छोटे शहर में रहने के लिए छोटा बनकर रहने में ही भलाई है। अपने दादाजी की सुनाई एक कहावत वे अक़्सर सुनाया करते—संसार में अगर संतोष से जीना है तो अपने से आगेवालों को नहीं पीछेवालों को देखना चाहिए। आप पाएंगे कि बहुत सारे लोग हैं जिनकी अवस्था आपसे भी बुरी है, बहुत सारे लोग हैं जो बुनियादी सुविधाओं से भी महरूम हैं। आगेवालों को देखने से महत्त्वाकांक्षा पैदा होती है, जिसके पूरा न होने पर असंतोष होता है।

चंद्रचूड़जी का जीवन पहले की तरह ही संतोषपूर्वक चलता रहता अगर उनका साला रितेश फ्रांस न गया होता।

वहाँ से उनके लिए रेड वाइन लेकर नहीं आया होता, पेत्रूस रेड वाइन...

उनकी शादी के साल रितेश दिल्ली में कंप्यूटर का कोर्स कर रहा था, संयोग देखिए अगले साल मल्टीनेशनल कंपनी में नौकरी मिल गई...तीसरे ही साल कंपनी ने ट्रेनिंग के लिए फ्रांस भेज दिया...उनके जानने वालों में पहला आदमी था रितेश जो विदेश गया। कभी सोचा नहीं था उनका कोई इतना करीबी रिश्तेदार कभी विदेश भी जाएगा।

विदेशी के नाम पर उनके पास एक अंग्रेज की लिखी चिट्ठी थी। दादाजी के नाम की। देश की आजादी के समय दादाजी मिडल स्कूल में अंध्यापक थे। स्कूल का प्रिंसिपल अंग्रेज था। चिट्ठी उसी ने लिखी थी। अपने देश लौटकर उसने दादाजी को चिट्ठी लिखकर उनके सहयोग के लिए आभार जताया था। दादाजी से मिलने उस गाँव में जो भी आता उसे वह चिट्ठी दिखाते। धीरे-धीरे आसपास के गाँवों में जो भी हमारे परिवार को जानता था वह इस तथ्य से भी अवगत होता था कि हमारे परिवार के किसी व्यक्ति को किसी अंग्रेज ने विलायत से चिट्ठी लिखकर हाल-समाचार पूछा था।

उस दिन चंद्रचूड़जी ने चिट्ठी संभाल कर रख ली थी जब पहली बार अखबार में यह पढ़ा कि इस तरह की सामग्री को एंटीक कहा जाता है, जिसकी संसार के बड़े-बड़े शहरों में नीलामी होती है। लोग लाखों-करोड़ों देकर ऐसी धरोहरों को खरीदते हैं। हो सकता है उस विलायती बाबू की चिट्ठी भी किसी दिन एंटीक मान ली जाए और वह भी हजारों-लाखों में नीलाम हो जाए।

एक दिन उनका कोई सगा विदेश जाएगा और उनके लिए वहाँ से ऐसा दुर्लभ तोहफा लेकर आएगा, ऐसा उन्होंने सपने में भी नहीं सोचा था।

बताया तो था पत्नी ने, रितेश कह रहा था कि वह जीजाजी के लिए स्पेशल कुछ लेकर आने वाला है। सरप्राइज...

परफ्यूम लेकर आएगा, इंडिया टीवी का समाचार देखते चंद्रचूड़जी ने मन ही मन सोचा। फ्रांसीसी सेंट लगाकर जब वे ऑफिस जाएंगे तो कोई समझ भी नहीं पाएगा किस ब्रांड का है। किसी ने कभी फ्रांसीसी सेंट लगाया हो तब ना...सोचकर उनके होंठो पर मुस्कुराहट ऐसे फैली कि देखकर पत्नी को कहना पड़ा—क्या सोच-सोच कर मुस्की छोड़ रहे हैं...

कुछ नहीं, देख रही हो समाचार के नाम पर क्या-क्या दिखाते रहते हैं...चंद्रचूड़जी ने हड़बड़ाते हुए जवाब दिया।

केवल फ्रांसीसी परफ्यूम लेकर ही नहीं आया था रितेश। टीशर्ट, शेविंग किट, चॉकलेट और छोटे-मोटे अनेक तरह के सामान लेकर आया था।

एतना समान लाने का क्या जरूरत था, सारा सामान समेटते हुए रितेश से उन्होंने कहा।

आप एक ही तो जीजाजी हैं मेरे, आपके लिए नहीं लाता तो किसके लिए लाता! छोटा-मोटा समान सब है। हवाई जहाज में अगर सामान का वजन तीस किलो से अधिक हो जाए तो एक्स्ट्रा चार्ज करते हैं। नहीं तो कुछ बढ़िया सामान लाता।

अरे, क्या बात करते हैं रितेशजी, विदेश में तो समान बहुत महंगा भी होता है। सुनते हैं वही समान अब अपने देश में बड़ा सस्ता मिल जाता है।

नहीं जीजाजी, जो समान वहाँ मिलता है वह यहाँ कहाँ मिलेगा। यहाँ तो सारा चाइनीज माल मिलता है। उसी पर मेड इन इंग्लैंड, मेड इन फ्रांस लिख देते हैं। लेकिन अंतर तो यूज करने पर ही समझ में आता है। देखिए रेड वाइन तो अब इंडिया में भी बनने लगा है...महाराष्ट्र में लोग बताते हैं सस्ता भी मिलने

लगा है...लेकिन पीजिएगा न तो आपको क्वालिटी का अंतर खुद ही समझ में आ जाएगा...ऐसा वाइन तो बस फ्रांस में ही मिल सकता है। इसीलिए तो फ्रांसीसी रेड वाइन की संसार भर में बड़ी मांग है। कहावत है, वाइन बनाना और खाना खाना फ्रांसीसियों से सीखना चाहिए...

दक्षिण फ्रांस की वादियों के बेहतरीन लाल और काले अंगूरों के मिश्रण से तैयार होने वाले पेत्रूस वाइन की दक्षिण अमेरिका के देशों में बड़ी मांग है। कीमत पचास यूरो से शुरू होती...रघुनंदन साइबर कैफे, महंथ साह चौक में गूगल सर्च पर मिली इस जानकारी से उनको रोमांच हो आया था। रितेश ने फ्रांसीसी वाइन की ऐसी महिमा बखान की कि उसके जाने के बाद सबसे पहले उन्होंने साइबर कैफे में जाकर उसकी बातों की सचाई जांचने की कोशिश की...रितेश सच कह रहा था...रेड वाइन रईसों की शान समझी जाती है। हाई सोसायटी में शराब नहीं रेड वाइन परोसी जाती है। घर में तरह-तरह की रेड वाइन रखना अमीरों का नया शगल है...

साइबर कैफे से बाहर निकलकर जब वह रिक्शे का इंतजार कर रहे थे, उन्हें अचानक अपने बालसखा कैलाशपति की बात याद आ गई। उसके बारे में सब कहते कि पहले गांजा-चरस ही बेचता था अब तो दिल्ली-मुंबई में हेरोइन, कोकीन भी पार्टी लोगों को पहुंचाने लगा है। एक बार मिलने पर उन्होंने उससे पूछ लिया था। जवाब में उसने हंसते हुए कहा था, तस्करी तो नहीं करता सेवन जरूर करता हूँ।

लेकिन ये सब तो ड्रग्स होते हैं, जीवन को बर्बाद करने वाले, आश्चर्य से उन्होंने कहा।

प्यारे, तुम तो नहीं पीते हो! तुम ही बता दो तुम्हारा जीवन कौन-सा आबाद हो गया! पता है इनका सेवन कौन लोग करते हैं, अखबार तो पढ़ते होगे, किस-किस तरह के लोग इसके सेवन के आरोप में पकड़े जाते हैं—बड़े-बड़े फिल्म अभिनेता, क्रिकेट खिलाड़ी, फैशन डिजाइनर, बड़े-बड़े नेताओं के रिश्तेदार...अगर मैं तुम्हारी तरह कभी-कभार पत्नी के पीठ पीछे शराब पीता होता तो आज मैं भी किसी बैंक में थोड़े से पैसों के लिए नोट गिनने की नौकरी कर रहा होता। चरस पीता हूँ, कोकीन चखता हूँ तो समाज के बड़े-बड़े लोगों की संगत में बैठता हूँ...उनकी ही मदद से एक्सपोर्ट का काम करता हूँ। लोगों को लगता है तस्करी करता हूँ। कभी कोकीन चखने का मन हो तो आ जाना। ईमान से, ऐसा नशा कभी किया नहीं होगा। अपनी कमाई से चाहो भी तो इसका

नशा नहीं कर सकते हो तुम, समझे! रईसों का नशा है, रईसों की सोहबत में बैठकर किया जाता है।

उस दिन से उनके दिमाग में यह बात बैठ गई थी कि कोकीन का नशा ही दुनिया का सबसे महंगा नशा होता है इसीलिए अमीरों के वह शान की चीज समझी जाती है। लेकिन उस दिन उनको समझ में आया, रेड वाइन रईसों के बीच फैशनेबल समझी जाती है। और इसका सेवन कोकीन या हेरोइन की तरह छिपकर नहीं करना पड़ता...

तो कम से कम तीन हजार की है यह बोतल जो रितेश उनके लिए लेकर आया है। शराब तो कम ही पीते थे। कभी-कभार दोस्तों के साथ, कभी छुट्टी के रोज..जब पत्नी मायके जाती तो जरूर मौका देखकर अक़्सर पीने लगते थे। लेकिन वैसे उनको कोई लत नहीं थी।

अपने आप पर गर्व हो रहा था उस दिन...इतनी महंगी शराब शहर में कितने लोग पीते होंगे, शराब तो हो सकता है बहुत लोग पीते हों...नेता...डॉक्टर...ढाई-तीन हजार रुपए का मोल ही क्या रह गया है आजकल...शहर में कितने डॉक्टर हैं जिनकी रोज की प्रैक्टिस ही इससे अधिक होगी...अफसर तो अफसर कितने बाबू-किरानी ऐसे होंगे जो एक दिन में टेबल के नीचे से इससे ज्यादा रकम खिसका लिया करते होंगे...राकेश भइया, उनके मामा के लड़के, ने अपने मुंह से बताया था। परिहार ब्लॉक में बीडीओ के पीए बनकर गए उनको छह महीने हुए थे जब वे उनसे मिलने गए थे—बड़ा बढ़िया पोस्टिंग है...दिनभर में इतने लोग आते हैं कि पाँच सौ-हजार तो सलामी में ही मिल जाते हैं। साहब से मिलवाने का अलग, फाइल पर साइन करवाने का अलग, लोन दिलवाने का अलग, वृद्धावस्था पेंशन का अलग...दिन भर में ढाई-तीन हजार तो बिना मांगे मिल जाता है...

उनका मुंह खुला रह गया था।

पैसा कोई कितना ही कमा ले रेड वाइन तो नहीं खरीद सकता, सोचकर उनको कुछ संतोष हुआ। वह भी फ्रांसीसी रेड वाइन...इंटरनेट पर उन्होंने खुद पढ़ा था कि दक्षिणी फ्रांस की वादियों के अंगूरों में ख़ास तरह का खट्टापन लिए मिठास होती है, जिससे वहाँ की वाइन के स्वाद में हल्का तीखापन आ जाता है जो पीने वाले को अपने स्वाद का दीवाना बना देता है।

साइबर कैफे से रिक्शे पर बैठकर घर लौटते हुए उन्हें मन ही मन अपने आप पर गर्व हो रहा था और अपनी पत्नी पर ढेर सारा प्यार उमड़ रहा था...वह न

होती तो रितेश जैसा साला नहीं होता। जिसके कारण आज वे एक ऐसी दुर्लभ वस्तु के मालिक हो गए थे जिससे शहर के गणमान्य लोगों में वे गिने जा सकते थे। रेड वाइन तो दिल्ली-मुंबई जैसे शहरों में भी कम ही लोग पी पाते हैं। यहाँ सीतामढ़ी में...

अगर इसके आधार पर शहर के गणमान्य लोगों की सूची तैयार की जाए कि रेड वाइन की मिल्कियत किन-किन लोगों के पास है तो चंद्रचूड़ किशोर का नाम उसमें प्रमुखता से आएगा...सोचते-सोचते वे इतने उत्तेजित हो गए कि उसी तरंग में रिक्शेवाले से बोले–जल्दी-जल्दी पैडल काहे नहीं मारता है...ऐसे चलाएगा तो कितना देर में कोर्ट बाजार पहुंचेगा...

रिक्शावाला रिक्शा रोककर पीछे मुड़कर उनको देखने लगा।

ऐसा नहीं है कि इससे पहले रेड वाइन के बारे में उन्होंने सुना ही न हो। स्कूल के दिनों का उनका एक दोस्त महाशय मुंबई में अंग्रेजी के डी अक्षर से शुरू होने वाले टीवी सीरियल बनाने वाली एक मशहूर कंपनी में प्रोडक्सन मैनेजर बन गया था। उसने कोई साल भर पहले उनको एक कहानी सुनाई थी जिसका संबंध रेड वाइन से था...

उसने बताया कि कहीं भी शूटिंग हो प्रोडक्शन से जुड़े लोगों का काम होता है वहाँ का सारा इंतजाम देखना। मैं एक्टर्स का इंतजाम देखता..किस एक्टर को कब किस की जरूरत पड़ जाए इसका ध्यान रखना, कोई सुबह के नाश्ते में केवल अंडा खाता है, किसी को अंडे की सूरत से भी नफरत होती है, कोई केवल ताजे संतरे का जूस पीना पसंद करता है, कोई दूध में गाजर का जूस मिलाकर पीता है, किसी को बिना बाथटब के बाथरूम में नहाने की आदत नहीं होती, किसी को मिनरल वाटर से नहाने की आदत होती है...सबका ध्यान रखना पड़ता है...आउटडोर शूटिंग में कब कौन नाराज हो जाए और शूटिंग का शेड्यूल बिगड़ जाए...

किस्सा सुनाते हुए उसने बताया–एक बार हम लोग उत्तराखंड के रानीखेत में सीरियल की शूटिंग कर रहे थे...उसमें शोभित राय की मुख्य भूमिका थी। उसके साथ मैंने पहले कहीं काम तो किया नहीं था। मुझे उसकी पसंद-नापसंद के बारे में कुछ पता नहीं था। प्रोड्यूसर कंजूस नहीं था। उसने खूब बढ़िया इंतजाम कर रखा था। लेकिन शाम होते-होते माहौल ऐसा बिगड़ा कि सारा इंतजाम किसी काम नहीं आया। शूटिंग खत्म होने के बाद शाम में शोभित राय ने प्रोड्यूसर से कहा, रेड वाइन चाहिए। प्रोड्यूसर ने कहा होटल वाले ने एक से

एक स्कॉच का इंतजाम कर रखा है। आज इसी से काम चलाइए, पहाड़ी इलाका है...कल किसी को शहर भेजकर मंगवा दूंगा...अंधेरा घिर रहा है...अभी किसी को भेजना खतरनाक होगा...रोड की हालत खराब है...

शोभित राय टीवी का सुपरस्टार! फैल गया। बोला मैं तो रेड वाइन के अलावा कुछ पीता भी नहीं हूँ। सिर्फ पीने की बात नहीं है, मुझे तो डॉक्टर ने कह रखा है रोज शाम खाने से पहले एक बोतल रेड वाइन पीना हेल्थ के लिए बहुत अच्छा होता है। मेरी तो तबीयत खराब हो जाएगी, कहकर उसने अपना कमरा अंदर से बंद कर लिया। प्रोड्यूसर ने मुझे ऑर्डर दिया, कहीं से कम से कम एक बोतल रेड वाइन लेकर आओ। एक बात जानते हो, प्रोडक्सन का आदमी बहाने नहीं बना सकता। उसे हर हाल में प्रोड्यूसर का कहा पूरा करना पड़ता है। चाहे जो हो जाए...उसने संजीदा होते हुए बताया।

रानीखेत जैसे पहाड़ी शहर में रेड वाइन! लेकिन लाना तो था ही। किसी होटल में नहीं मिला। जंगल विभाग के अफसरों के घर पुछवाया, अगर एक बोतल है तो दिलवा दीजिए, चाहे जो कीमत ले लीजिए। होता जो मिलता। मेरे प्रोडक्सन के कॅरिअर में पहली बार ऐसा होने जा रहा था कि प्रोड्यूसर से जाकर कहना पड़ता—काम नहीं हुआ। कहने की नौबत नहीं आई। मोटरसाइकिल से आधे रास्ते ही पहुंचा था कि गोल्फ कोर्स के मैनेजर का घर दिखाई दिया। मैंने कुछ सोचकर उसके घर के आगे गाड़ी रोक दी। मुझे लगा गोल्फ का खेल बड़े-बड़े लोग ही खेलते हैं। बड़े-बड़े लोगों का यहाँ आना-जाना होता होगा। क्या पता इसके पास किसी ने हिफाजत के लिए रख छोड़ा हो। पूछने पर उसने कहा, है तो एक बोतल, लेकिन पाँच हजार रुपए लूंगा। मेरी जान में जान आई। शूटिंग का शेड्यूल गड़बड़ाने से रह गया।

उस दिन सोते समय चंद्रचूड़जी बड़ी देर तक अभिनेता शोभित राय के ललाई लिए चेहरे के बारे में सोचते रहे और यह अनुमान लगाते रहे कि कितने दिन रेड वाइन पीने से उनका चेहरा भी ऐसे ही लाल हो जाएगा...

इतना सामान लाया था रितेश कि ऑफिस में हेड कैशियर को भी उन्होंने मेड इन फ्रांस पेन भेंट कर दिया। आखिर उनका बॉस था। इस ताकीद के साथ कि आपके लिए तो साले से बोलकर ख़ास तौर पर मंगवाया था। आपको पेन का बहुत शौक है न। किसी को बताइएगा नहीं पेन आपको मैंने दिया है। समझ रहे हैं न! सबके लिए वहाँ से कुछ लाने के लिए तो कह नहीं सकता था।

आप एतना ध्यान रखते हैं मेरा। मेरा भी तो कुछ फर्ज बनता ही है न, पान रंगे दांतों को निपोरते हुए हेड कैशियर नमोनारायण जी जवाब में बोले।

ऑफिस में उनसे सब पूछते आपका साला फैशन की नगरी पेरिस गया था, वहाँ से क्या लेकर आया। किसी से कहते कि वहाँ अब पहले वाली बात नहीं रही। अब ऐसा क्या नहीं मिलता है हमारे देश में कि विदेशी सामान की बाट जोही जाए। किसी से कहते जो सामान यहाँ सस्ता मिलता है उसी पर मेड इन फ्रांस लिखकर वहाँ महंगा बेचते हैं। क्या फायदा! पूछा था उसने क्या लाऊं, मैंने ही मना कर दिया। ऑफिस के सहकर्मी कहाँ मानने वाले थे। वे भी रोज-रोज पूछते। आखिर इस पूछापूछी से तंग आकर एक दिन वे घर से चॉकलेट लेकर आए और ऑफिस में सबको बांट दिया।

बताना चाह रहे थे कि उनका साला उनके लिए फ्रांस से असली रेड वाइन लेकर आया है। फिर सोचते क्या पता कोई ठीक से समझ ही न पाए रेड वाइन का क्या मतलब होता है। ऑफिस में काम करने वाले बाबू-किरानी क्या समझ पाएंगे रेड वाइन की शान को। यही सोचकर सबको बताने का फैसला मुल्तवी कर उन्होंने चॉकलेट बांटने का फैसला किया।

एक दिन रितेश के बचपन का दोस्त जयदेव मिलने आया। मर्चेंट नेवी में अफसर था। बोला छुट्टी में आया था, सोचा दीदी से भी मिल लूं। उसके आने पर पत्नी ने उनको एक कोने में ले जाकर कहा, जयदेव मेरे लिए रितेश से कम नहीं है। इसका खातिरबात जरा ठीक से करना है। मौसी की बेटी से इसकी शादी की बात भी चल रही है। क्या पता कल को आपका साढ़ूभाई ही हो जाए, कहकर पत्नी मुस्कुराते हुए किचेन में चली गई। अपने सगे से भी बढ़कर भाई के लिए खाना जो बनाना था।

चंद्रचूड़जी ने सोचा जब इतना ही ख़ास भाई है तो क्यों न इसका स्वागत रेड वाइन से किया जाए। बोतल निकालने जा ही रहे थे, सोचा पहले जयदेव से पूछ लिया जाए। उसके पास जाकर बैठ गए और धीरे से बोले–रितेशजी फ्रांस से एक बोतल रेड वाइन लेकर आए थे। मुझे इसका कुछ ज्यादा शौक तो है नहीं। ले आता हूँ, आपके साथ थोड़ा-बहुत मैं भी चख लूंगा...

जयदेव ने साफ मना कर दिया।

बोला, पिछले साल मेरा जहाज यूरोप में ही घूमता रहा। वहाँ तो पानी की तरह वाइन पी जाती है। खाने के साथ वहाँ लोग पानी नहीं वाइन पीते हैं। वाइन पी-पी कर मैं ऊब चुका हूँ। वहाँ तो आम आदमी भी वाइन ही पीता है। लेकिन अपने देश में वाइन को बड़े लोगों का शौक समझा जाता है। बड़े-बड़े अफसर-मंत्रियों को अगर उपहार में वाइन दिया जाए, वह भी विदेशी तो काम

होने की संभावना बढ़ जाती है। मेरा एक दोस्त है। रेलवे में अफसर है। उसकी पोस्टिंग बहुत दिनों से दूर-दराज के इलाकों में हो रही थी। किसी अच्छे शहर में तबादले के लिए वह खूब कोशिश कर रहा था। लेकिन कुछ हो नहीं पा रहा था। उसे किसी ने बताया कि चेयरमैन केवल पैसे से ही प्रभावित नहीं होता। वह वाइन का बहुत शौकीन है। अगर वाइन के साथ उससे मिलो तो शायद कुछ काम बन जाए।

उसने मुझसे बात की। संयोग से मैं यूरोप से लौटा ही था। मेरे पास इटली की रेड वाइन थी। उसे चार-पाँच बोतल भिजवा दिए। अगले सप्ताह फोन आया कि चेयरमैन ने उसके दिल्ली तबादले का आदेश दे दिया है। दिल्ली में तो कहा जाता है कि किसी को खुश करना हो तो उसे रेड वाइन तोहफे में देना चाहिए। कितनी भी महंगी शराब आप किसी को दें उसमें वह बात नहीं होती जो एक बोतल वाइन में होती है। वह भी अगर रेड वाइन हो तो क्या कहने! मैं पीने के लिए नहीं प्रभावशाली लोगों को उपहार में देने के लिए वाइन खरीदता हूँ, जयदेव बोला।

वैसे, कौन-सी वाइन है, थोड़ा रुककर उसने फिर पूछा।

जवाब में चंद्रचूड़जी अंदर से बोतल निकाल लाए।

पेत्रूस...अरे, यह तो फ्रांस की बड़ी मशहूर वाइन है। यहाँ इंडिया में तो बहुत मुश्किल से ही मिलती है। मिलती भी है तो बहुत महंगी...लीजिए, ठीक से रख लीजिए, उसने उलट-पुलटकर बोतल देखने के बाद वापस देते हुए कहा।

उस दिन उनको समझ में आया कि कितनी बड़ी चीज उनके हाथ लग गई है। रितेश ने उनके हाथ एक ऐसी चीज दे दी है जिसके माध्यम से वह देश के न सही शहर के ताकतवर लोगों तक तो पहुंच ही सकते हैं। शहर के प्रभावशाली लोगों के साथ कुछ देर बैठ सकते हैं।

बोतल को उन्होंने बहुत संभालकर रख दिया। छिपाकर...

उस दिन से पेत्रूस रेड वाइन की बोतल को लेकर तरह-तरह की योजनाएं उनके दिमाग में चलने लगीं। कभी-कभी पत्नी टोकती पी के तो देखिए, कैसा लगता है, एतना दूर से आपके लिए लाया मेरा भाई। कहते, अभी नहीं। रितेश ने भी कई बार फोन पर पूछा, पीकर देखा जीजाजी, कैसा लगा, जवाब देते अगले महीने पाँच दिन की छुट्टी पड़ने वाली है, तब इतमीनान से इसका स्वाद लूंगा।

जबसे जयदेव मिलकर गया था वे वाइन पीने के बारे में कम किस उपयुक्त व्यक्ति को उसे दिया जाए इसके बारे में अधिक सोचने लगे थे। वे

समझ गए थे जो काम किसी भी तरह नहीं हो पा रहा हो उसे रेड वाइन संभव बना सकती है...

यह आपको किसी के करीब ला सकती है। उनके मुहल्ले में जिला भाजपा अध्यक्ष नरेश शर्मा रहते थे। कभी आते-जाते वे दिख जाते, चंद्रचूड़जी उनको नमस्कार करते तो वे जवाब में कभी सिर हिला देते या कभी हाथ उठाकर हिला देते। एकाध बार उन्होंने इनका हालचाल भी पूछ लिया था। वे सोचने लगे अगर उनको रेड वाइन दे आएं तो अच्छी पहचान हो जाएगी...शहर में रहना है तो किसी न किसी प्रभावशाली आदमी से संबंध बनाकर जरूर रखना चाहिए। वैसे भी प्रांत में भाजपा की सरकार है, इससे सरकार में पहुंच भी हो जाएगी। क्या पता कल क्या काम पड़ जाए।

कल को बाल-बच्चे होंगे। पिछले महीने जब मां रामनवमी का मेला देखने आई थी तो बता रही थी गाँव में नेपाल से एक सिद्ध महात्मा आए थे। उन्होंने मां का मुंह देखते ही कहा, तेरे घर में बड़ा प्रतापी बालक आने वाला है।

अगर हुआ तो कल को बड़ा भी होगा। स्कूल में उसका नाम लिखवाना पड़ेगा। शहर के अच्छे स्कूलों में नाम लिखवाने के लिए या तो डोनेशन देने के लिए मोटा पैसा चाहिए या किसी प्रभावशाली आदमी की पैरवी। पैसा तो है नहीं, ऐसे में रेड वाइन की यह बोतल प्रभावशाली आदमी तक तो पहुंचा ही सकती है। शहर में पत्नी के साथ रहते हैं। भगवान न करे कुछ हो, लेकिन अगर कल को कुछ हो गया तो मदद के लिए कोई मजबूत सहारा तो चाहिए।

बस एक समस्या थी। सुबह-सुबह लोहापट्टी के हनुमान मंदिर में पूजा करके माथे पर रोली का टीका लगाने वाले नरेश शर्मा के बारे में उनको यह मालूम नहीं था कि वे सुरा का सेवन करते हैं या नहीं। चाहते तो उनसे मिलने-जुलने वालों से पता लगा सकते थे, लेकिन अगर किसी ने कुछ गलत-सलत बता दिया तो...पता चला लेने के देने पड़ गए। उनसे संबंध बनाने से फायदा हो न हो उनकी नाराजगी से नुकसान तो जरूर हो जाता। बहुत सोच-विचार कर उन्होंने यही तय पाया कि पूरी तरह पता करने के बाद ही उपहार में यह बोतल किसी को देंगे। कम से कम उसको जो इसके महत्त्व को समझता हो। जो इसके रुतबे से वाकिफ हो।

ऑफिस में दूर-दूर तक प्रोमोशन का कोई चांस नहीं था। इसलिए दो-एक बार बड़े साहब को देने का खयाल मन में आया भी तो उस पर उन्होंने ज्यादा विचार नहीं किया। उल्टे साहब को देने से इस बात का खतरा था कि पीने

के बाद अगर उनको पसंद आ गया तो हो सकता है वे बार-बार इसकी मांग करें—मिस्टर किशोर, इस बार आपके ब्रदर इन लॉ जब विदेश जाएं तो उनसे ये वाली वाइन जरूर मंगवा दीजिएगा। और हाँ, इस बार आपको मुझसे पैसे लेने पड़ेंगे। पूछ लीजिएगा, कितने का था..बाहर तो सुनते हैं सस्ता मिलता है...ये सब आइटम...हें...हें...हें...

अगली बार नहीं देता तो नाराज और हो जाते! अब बार-बार ट्रेनिंग के लिए कंपनी रितेश को फ्रांस तो भेजेगी नहीं...भेज भी दिया तो वह बार-बार रेड वाइन लाएगा नहीं...वह तो पहली बार गया था...सोचा होगा कुछ ऐसा ले चलते हैं जो जीजाजी को भी याद रहेगा...बाद में कहेंगे–जब रितेशजी पहली बार विदेश गए थे तो वहाँ से रेड वाइन लेकर आए थे...

इसलिए बॉस को देने के ख़याल के ख़याल से भी वे भागने लगे।

इधर कुछ दिनों से चंद्रचूड़जी कुछ परेशान चल रहे थे। नहीं कुछ ख़ास नहीं...ऐसे ही...उनके पड़ोस में एक कोठी है। जबसे उन्होंने किराए पर यह मकान लिया तबसे उसके गेट पर ताला पड़ा था। महीने-दो महीने पर कोई आता साफ-सफाई करवा जाता। सुनता किसी इंजीनियर साहब का मकान है। अमेरिका में रहते हैं। दो महीने पहले ही उसका ताला खुला...उसमें आकर कोई नौजवान रहने लगा है। महादेव किराना भंडार वाले राघवजी बता रहे थे, इंजीनियर साहब का बेटा है, अभी छह-आठ महीने रहेगा। इंजीनियर साहब के शहर में तीन मकान हैं, गाँव में कुछ खेती-बाड़ी-घरारी...सबका हिसाब करने आया है...अब एतना प्रोपरटी बेचना है तो समय तो लगेगा ही न...

वे क्या, आसपास के लोग भी उसे कम ही देख पाते थे। गेट अब भी बंद ही रहता था, लेकिन अंदर से...कभी-कभी गेट के बाहर कोई बड़ी गाड़ी रुकती उससे कोई बड़ा आदमी उतरता, गेट खुलता वह अंदर चला जाता, गेट फिर बंद हो जाता...कभी कोई और गाड़ी इसी तरह आती...

उनको इस सबसे कोई परेशानी नहीं थी...

वह बड़ी तेज आवाज़ में म्यूजिक बजाता था। वह भी आधी-आधी रात में...उनको लगता जैसे अपने घर में ही स्टीरियो बज रहा हो। वह भी पता नहीं कौन-कौन से अंग्रेजी गाने! कई बार सोचा जाकर गेट खटखटाएं और कहें...भाई साहब! यहाँ आसपास और लोग भी रहते हैं। आपको नींद नहीं आ रही है तो हमारी नींद क्यों खराब करते हैं, रात को सोचते सवेरे कहेंगे, सवेरे सोचते ऑफिस से लौटकर शाम को इतमीनान से रिक्वेस्ट करेंगे...हर दिन गेट

खटखटाना, कहना अगले दिन तक के लिए टल जाता...महीनों से टलता आ रहा था...

सोच रहे थे घर बदल लें। लेकिन दिल्ली तो है नहीं कि जब चाहा घर बदल लिया। एक तो इस शहर में इतना अच्छा हवादार घर किस्मतवालों को ही मिलता है। वह भी इतने कम किराए पर। फिर ऐसा शगुनिया घर छोड़ने का मन भी नहीं कर रहा था। यहीं आकर नौकरी ज्वाइन की, यहीं रहते इतनी अच्छी पत्नी मिली, ऐसा साला मिला जो उनके लिए फ्रांस से रेड वाइन लेकर आया...

उस बंद गेट वाले बंगले में रहने वाले उस अमेरिका पलट लड़के से वे आजिज आ चुके थे। दिन भर ऑफिस में रहते हैं। घर में पत्नी अकेली...अब कहीं...नहीं-नहीं! अपनी पत्नी सीमा पर तो उनको पूरा भरोसा है...लेकिन आजकल का जमाना ही कुछ ऐसा हो गया है। सब चमक-दमक के पीछे भागने लगे हैं। क्या भरोसा...जब भी ऐसा खयाल उनके मन में आता जी करता उस हाई-फाई भाई की ऐसी-तैसी कर दें। ऐसा कुछ कर दें कि अंग्रेजी गाना सुनना भूल जाए। लेकिन...

कई बार मन में आया पिटवा दें। लेकिन सीतामढ़ी शहर में तो वे अपने ऑफिस वालों को ही जानते थे। उनमें से किसी से इस मामले में शायद ही मदद मिल पाती। उन्होंने शहर के नामी बदमाश नवाब सिंह के बारे में सुन रखा था। एकाध बार मेन रोड सीतामढ़ी से एक सफेद क्वालिस को उन्होंने तेजी से गुजरते देखा था। उसे देखते ही लोग सड़क से किनारे की ओर हटने लगते। बताते गाड़ी में नवाब सिंह जा रहा था...उसके बारे में मशहूर था कि जिसका नहीं भाई-बाप, उसका है नवाब! मन में एकाध बार खयाल आया उससे जाकर कहें हमें परेशान कर रहा है, जरा उस अमेरिकी बाबू का गरूर तोड़ दीजिए...मगर अकेले उसके पास जाने की हिम्मत नहीं हुई।

मन में आया उसे जाकर वाइन दे आऊं तो काम भी बन जाएगा...शहर के एक बड़े आदमी से पहचान भी हो जाएगी। शहर के मामले में महादेव किराना भंडार वाले राघवजी बरसों से उसके मार्गदर्शक-पथप्रदर्शक थे। उनका कहना था—शहर में छाती तानकर चलना है चंदरचूड़ बाबू तो किसी बड़े आदमी से राम-सलाम बहुत जरूरी है। चाहे किसी अफसर से हो चाहे नवाब सिंह जैसे रंगदार से...अगर एक बोतल रेड वाइन से नवाब सिंह से बढ़िया राम-सलाम हो जाए तो क्या बुरा...

जब इस बात पर उन्होंने कई बार विचार किया तो उन्हें इसमें कुछ-कुछ बुराई दिखने लगी। शहर में पति-पत्नी बस दो प्राणी हैं। कहीं घर आने-जाने

लगा...वे तो दिन भर ऑफिस में रहते हैं...कहीं कुछ हो गया तो...अमेरिका पलट के अंग्रेजी गाने से तो नवाब सिंह हो सकता है मुक्ति दिला दे, लेकिन नवाब सिंह से कौन बचाएगा...

एक दिन मन हुआ जाकर अपने पुराने सर साइंस कॉलेज के प्रोफेसर मदनानंदजी को गिफ्ट कर आएं। उन्होंने इंटर से बीए तक अपने इस होनहार शिष्य को बिना पैसे लिए ही ट्यूशन पढ़ाया था। उस दौरान अपने गुरु के सबसे प्रिय शिष्य होने के कारण वे अच्छी तरह जानते थे प्रोफेसर साहब को तरह-तरह की शराब पीने और पीने से भी ज्यादा रखने का बहुत शौक था। अगर उनको रेड वाइन दें तो वे सचमुच बहुत खुश होंगे...अपने इस होनहार शिष्य को दुआएं भी बहुत देंगे...और कुछ उनके लिए नहीं कर पाए यह छोटी-सी खुशी तो उनको दे ही सकते हैं।

उनको देने से क्या फायदा होता, यह सवाल जब चंद्रचूड़जी के जेहन में कौंधा तो बार-बार कौंधने लगा। ठीक है अतीत में प्रोफेसर साहब के बड़े अहसान रहे हैं उनके ऊपर लेकिन आदमी की मुश्किल यही होती है कि उसे भविष्य के सपनों के लिए जीना पड़ता है। उनके वर्तमान जीवन में प्रोफेसर साहब का कोई रोल नहीं रह गया था, भविष्य की कोई उम्मीद भी उनसे नहीं रह गई थी। वह तो उसी दिन समाप्त हो गई थी जिस दिन अनुकंपा के आधार पर मिली यह नौकरी उन्होंने ज्वाइन कर ली और सीतामढ़ी आ गए...

रेड वाइन तो किसी ऐसे आदमी को देना चाहिए जिससे समाज में उनका कुछ रुतबा बढ़े। जिससे शहर के किसी बड़े आदमी के साथ कम से कम उनको बैठने का मौका मिले। प्रोफेसर वह भी रिटायर किस काम के...उन्होंने इस बारे में भी सोचना छोड़ दिया!

उनकी उधेड़बुन बढ़ती जा रही थी। किसी एक आदमी को देने के बारे में सोचते कि किसी दूसरे का ध्यान आ जाता। वे पिछले की जगह उस आदमी को देने का मन बनाने लगते। ऐसा कौन हो सकता था जिसे वे गिफ्ट देते तो वह न केवल खुश होता उनको अपने अजीजों में भी शामिल कर लेता। उनके छोटे-बड़े काम चुटकियों में करवा देता। शहर में उनको भी छाती फुलाकर चलने का मौका देता। उसे मिथिलेश ठाकुर की याद आई। दिल्ली से पढ़कर आया था। सबसे छिप-छिपकर रहता। सब कहते दिल्ली गया था पढ़ने। किस्मत का ऐसा मारा है, कुछ कर नहीं पाया बेचारा। दिल्ली जाते तो बहुत लोग हैं, बाकी आईएएस, आईपीएस कोई-कोई ही बन पाता है।

देखते-देखते मिथिलेश की किस्मत ही बदल गई। दिल्ली के रामजस कॉलेज में उसका एक सहपाठी रमेश चंद्रा मुजफ्फरपुर का कलेक्टर बनकर आ गया। कलेक्टर बनकर ही नहीं आया अपने पुराने सहपाठी के घर आने-जाने लगा, अपनी लालबत्ती वाली गाड़ी में उसको घुमाने लगा। कहीं भी निकलता लोग कहते देखो, कलेक्टर साहब का दोस्त जा रहा है...शहर में वह सिर झुकाकर नहीं सिर उठाकर चलने लगा था। उसके दरवाजे पर भी मिलने वालों की भीड़ लगी रहती। शायद ही कोई आदमी ऐसा रहा हो शहर में जो मिथिलेश को न पहचानने लगा हो।

चंद्रचूड़ जी की और भी मुश्किलें थीं। पिताजी के मरने के बाद पुश्तैनी घर पर पट्टीदारों ने कब्जा कर लिया था। कोई उनकी शिकायत सुनने वाला भी नहीं था। थाना-पुलिस, कोर्ट-कचहरी में हजारों खर्च हो जाते और कुछ हाथ भी नहीं आता। चुपचाप सोचते रहते किसी तरह कलेक्टर के पास शिकायत करने का मौका मिल जाए तो शायद उनको उनका हक मिल जाए।

डीएम तक पहुंच पाने का कोई रास्ता ही नहीं सूझ रहा था...

एक दिन वैशाली चाट भंडार में मिक्स्ड चाट खा रहे थे। बगल में दो आदमी बतिया रहे थे। एक कह रहा था नया डीएम साहब के बारे में सुने हो। कलेक्टेरियट में कल कोई बता रहा था कि शाम होते ही मस्त हो जाते हैं, आठ बजे के बाद किसी से नहीं मिलते। उसके बाद काले शीशे वाली गाड़ियां आने लगती हैं, आधी-आधी रात तक महफिल जमी रहती है...इसके आगे की बातचीत पर उन्होंने ध्यान ही नहीं दिया। बस, यही बात उनके दिमाग में अटक गई। उनको यह सुनहरा मौका लग रहा था शहर के राजा से संबंध बनाने का। याद रखो, देश में तीन ही आदमी का तंत्र चलता है—डीएम, सीएम और पीएम, बाकी ई लोकतंत्र, जनतंत्र सब बेकार की बातें हैं। उनको अपने गाँव के शिवशंकर मास्साब की बरसों पुरानी कही बात याद आ गई। डीएम साहब के बारे में मिली इस जानकारी में उनको अपना पुश्तैनी घर वापस मिल सकने की उम्मीद दिखाई देने लगी।

शाम होते ही मस्त हो जाने वाले डीएम साहब तो रेड वाइन पाकर बहुत खुश हो जाएंगे। पेत्रूस एक ऐसी वाइन है जिसे पाकर शायद कोई ऐसा शौकीन न हो खुशी से फूल न जाए, उनको जयदेव की बात याद आई...

इस योजना को कार्यरूप देने के बारे में सोचने लगे तो पहली व्यावहारिक समस्या यह उठ खड़ी हुई कि कलेक्टर साहब तक पहुंचा किस तरह जाए।

उनके कर्मचारियों के पास बोतल छोड़कर आने का कोई तुक नहीं बनता था। एक तो इससे इस बात की कोई गारंटी नहीं रहती कि रेड वाइन की बोतल साहब के पास पहुंच जाएगी। दूसरे, अगर कर्मचारियों के माध्यम से बोतल कलेक्टर साहब तक पहुंच भी जाती तो इससे उनको क्या फायदा होता। उनका उद्देश्य कलेक्टर साहब को विदेशी वाइन पिलाना तो था नहीं। वे तो उनके साथ उसी तरह संबंध बनाना चाहते थे जैसे दिल्ली में दलाल अफसरों-नेताओं के साथ बनाते थे। रितेश के दोस्त ने बताया था कि बड़े नेता या अफसर घूसखोरी-कमीशनखोरी का काम अपने हाथों से नहीं करते। यह काम वे ऐसे किसी आदमी के माध्यम से करते हैं जो उनको खिला-पिलाकर खुश रखता हो, उन्हें अपना हितैषी दिखाई देता हो।

मिथिलेश के बारे में लोग कहने लगे थे, डीएम उसी के माध्यम से लेन-देन की बात करता है। तभी तो हमेशा साथ-साथ लिए डोलता रहता है। आजकल बिना मतलब के बेटा बाप को नहीं पूछता दोस्त तो बहुत दूर की बात हो गई! उसका एजेंट है एजेंट! क्या पता डीएम साहब उसको ही अपना स्थानीय एजेंट बना लें। जब तक वे वहाँ डीएम रहेंगे तब तक शहर में उसकी इतनी साख बन जाएगी कि उसी रसूख के सहारे आगे का जीवन मजे में कट जाएगा।

जबसे उनका साला विदेश हो आया था उनको महसूस होने लगा था कि उनकी पत्नी उनको उतना आदर नहीं देती थी। पिताजी का जल्दी देहांत नहीं हुआ होता...उनको अनुकंपा के आधार पर मिली यह नौकरी नहीं करनी पड़ती तो आज वह भी कॉम्पिटिशन पास करके कम से कम डिप्टी कलेक्टर तो बन ही गए होते। लेकिन अब यह सब करने का समय नहीं रह गया था। न सोचने का...

वे भी अपनी पत्नी को कुछ करके दिखाना चाहते थे।

उन्होंने तय किया कि वे कलेक्टर से मिलने का कोई न कोई रास्ता जरूर निकालेंगे...और अपने हाथ से जाकर उनको फ्रांस की मशहूर पेत्रूस वाइन भेंट करेंगे। हो सकता है उसी आगामी मुलाकात में उनके उस संभावित भाग्योदय के संकेत छिपे हों जिसकी ओर देवी मंदिर के पंडित बेनीमाधव मिश्र ने उनका हाथ देखकर संकेत किया था।

वे हर समय सोते-जागते इसी जुगत में लगे रहते कि किस तरह डीएम से मिलने का रास्ता निकाला जाए...एक बार आमने-सामने मिलने का!

एक शाम जैसे ही घर के बाहर उनका रिक्शा रुका। पत्नी गेट खोलकर बाहर आकर उनको देखने लगी। उनको कुछ आशंका हुई। इस तरह पत्नी जब

उनको देखने आती है तो जरूर कुछ न कुछ बात होती है। पिछली बार जब इस तरह आई थी तो खाना बनाते-बनाते गैस खत्म हो गया था। यहाँ एक बार गैस खत्म हो जाए तो उसका इंतजाम करना भी तो बड़ी बात होती है। गैस का इंतजाम समय पर न कर पाने के कारण पत्नी को स्टोव पर खाना बनाना पड़ता और उनको शर्मिन्दा होना पड़ता था। क्या सोचती होगी पत्नी, कैसे हैं, इतने दिनों से शहर में रहते हैं, एलआईसी में काम करते हैं, मगर मौका-कुमौका एक गैस का इंतजाम भी नहीं कर सकते।

खैर...एक बार डीएम से भेंट हो जाए इस तरह की छोटी-मोटी सारी परेशानी दूर हो जाएगी। उनको बार-बार शर्मिन्दा नहीं होना पड़ेगा।

रिक्शेवाले को पैसे देकर जल्दी से घर की ओर बढ़े।

गोदरेज वाले आल्मारी में क्या रखे थे, पत्नी ने सवालिया निगाहों से उनको देखते हुए पूछा।

क्या हुआ, उसमें तो कपड़ा है और क्या है, क्या हुआ बात बताओ, कपड़ा में लपेट कर क्या रखे थे, पत्नी ने सवाल के जवाब में फिर से सवाल दागा।

क्या हुआ, फिर कुछ सोचते हुए बोले, उसमें तो रेड वाइन की बोतल रखी थी। क्या हुआ, अब उनकी आशंका गहरी हो चुकी थी।

आप नाराज मत होइएगा। हमको कहाँ पता था कि आप वहाँ क्या रखे हैं। आपको बता देना चाहिए था न! वहाँ से आपका कुरता-पाजामा निकाल रही थी प्रेस करवाने के लिए तो बोतल गिर गया।

क्या टूट गया, अरे, रितेश ही तो बोला था वाइन के बोतल को लिटाकर रखना चाहिए। सीधा खड़ा रखने पर उसका टेस्ट खराब हो जाता है। इसीलिए वहाँ रखे थे। क्या हुआ, टूट गया, बताया नहीं...

और क्या! कपड़ों के बीच से लुढ़क कर गिर गया। वह तो आधा ही बहा था कि मैंने बोतल को खड़ा कर दिया। आधा बोतल बच गया है। दूसरे बोतल में डालकर फ्रिज में रख दिया है...

चंद्रचूड़जी को कुछ सुनाई नहीं दे रहा था...उनकी पत्नी क्या बोले जा रही थी। लग रहा था जैसे सुंदर सपना बीच में ही टूट गया हो। उसी दिन रिमझिम सैलून में उनकी भेंट डीएम के स्टेनो से हुई थी। उसने कहा था, अगले सप्ताह मिलने का टाइम दिलवा दूंगा। वे खुशी-खुशी घर आ रहे थे...

कहाँ सोचा था कि घर आते ही सारी खुशियों का अंत हो जाएगा...

गुस्सा तो बहुत आ रहा था, मगर कुछ बोल नहीं पाए। चुपचाप कमरे में गए और दरवाजा बंद कर लिया। बोलकर करते भी क्या...

चाय बना दूं! पत्नी की आवाज़ आई। उन्होंने मना कर दिया।

काफी देर तक संज्ञाशून्य से बैठे रहे। उठे, फ्रिज खोला, बची-खुची वाइन निकाली और पीने लगे। उसका तीखा खट्टा स्वाद लेते हुए...एक बात है रेड वाइन का स्वाद शराब से एकदम अलग होता है, चुस्कियां लेते हुए मन ही मन सोचते रहे। वे इस समय फ्रांस की सबसे मशहूर वाइन में से एक का सेवन कर रहे हैं, अचानक उनको ध्यान आया। गर्दन घुमाकर चारों तरफ देखने लगे...

कोई नहीं था...

उस रात उनको गहरी नींद आई। सुबह उठे तो पत्नी हैरत से उनको देख रही थी।

पूछा—क्या हुआ।

आपको रात क्या ठीक से नींद नहीं आई, जवाब में पत्नी ने पूछा।

क्यों?

पता नहीं, आप नींद में क्या-क्या बड़बड़ा रहे थे—डीएम साहब, ख़ास तोहफा...मुझे तो डर लग रहा था। आपको उठाने लगी तो गले से घों-घों आवाज़ निकलने लगी। मैं तो घबड़ा ही गई थी। लगता है काम का दबाव बढ़ गया है। दो-तीन दिन छुट्टी लेकर आराम कर लीजिए...

वे कुछ नहीं बोले। सोचने लगे, वह सपने टूटने की आवाज़ थी या रेड वाइन का नशा।

फाव की जमीन

जब से दिल्ली से राज बाबू का फोन आया था चित्तरंजन बाबू से ठीक से बैठा भी नहीं जा रहा था। दो बार तो गाँव का चक्कर लगा आए थे। वैसे गाँव में था कौन जो मिलता! पुराने साथी-संगाती या तो अपने-अपने बाल-बच्चों के साथ दिल्ली-मुंबई-बंगलोर में बुढ़ापा काट रहे थे या उनमें से कई शहर में मकान बनवाकर रहने लगे थे। हफ्ते-दस दिन में गाँव-घूमने आ जाते। कहते, जान तो बथनाहा गाँव में ही बसती है पर क्या करें कम से कम बुढ़ापे में तो सुविधा से जी लें। सुविधा के नाम पर चित्तरंजन बाबू ने पुरखों का गाँव नहीं छोड़ा। चाहते तो वे भी शहर में घर बनवा लेते। जमीन तो थी ही.....

वैसे रहना तो वह भी चाहते थे दिल्ली में। रिटायरमेंट के बाद। बड़े लड़के राजकुमार को पढ़ने दिल्ली भेजा। सोचा, हाकिम-कलक्टर बनेगा। छाती जुड़ा जाएगा जब लोग कहेंगे—देखिए, बड़ा बाबू जा रहे हैं। नहीं समझे! वही राजकुमार के पिताजी। दिल्ली में पढ़ता था। सुनते हैं बड़ा हाकिम बन गया है। लालबत्ती वाली गाड़ी में चलता है।

यह अरमान तो पूरा नहीं ही हुआ उलटे जिस गाँव में तीन साल पहले तक सुबह बजाज प्रिया स्कूटर पर बैठकर दफ्तर के लिए निकलते तो 'बड़ा बाबू प्रणाम! बड़ा बाबू प्रणाम!' का जवाब देते-देते उनकी गर्दन में दर्द होने लगता था। उसी गाँव में सुबह से दो बार बनवारी चौक तक चक्कर काट आए और गाँव के लौंडे उनकी ओर देख भी नहीं रहे थे। रायबहादुर सरयू प्रसाद सिंह के पोते चित्तरंजन सिंह को एक दिन उनके अपने ही गाँव में कोई नहीं पहचानेगा। किसी ने सोचा होगा!

गाँव की हवा ही बदलती जा रही थी...

सुबह जब उनकी पत्नी रामप्रिया देवी अपने बेटे राज बाबू से फोन पर बात कर चुकीं तो दोनों की हालत देखने वाली थी। बहुत दिनों बाद चित्तरंजन बाबू के घर में ऐसी खबर आई थी जिस पर उनको बहुत खुशी हो रही थी। चित्तरंजन बाबू अपनी पत्नी से केवल इतना ही कह पाए—'राज बाबू की माँ, ई फाव

की जमीन का भाव इतना बढ़ जाएगा कभी सोचा था। इसी बात पर तनी चाय बनाइए।'

पत्नी रामप्रिया देवी पहली बार उनकी चाय बनाने की फरमाइश पर बिना बुदबुदाए चाय बनाने रसोईघर की ओर चली गईं।

फाव की जमीन से कभी उनके परिवार का दुर्भाग्य जुड़ा था। वह उनके लिए इतना सौभाग्यशाली हो जाएगा ऐसा तो उन्होंने भी नहीं सोचा था। क्या जमाना आ गया है आदमी का भाव गिरता जा रहा है जमीन का भाव चढ़ता जा रहा है।

उनके बड़े लड़के राजकुमार, जिसे घर में लोग राज बाबू ही बुलाते, ने फोन पर बताया था कि नेपाल की सीमा पर अवस्थित होने के कारण एक विदेशी स्कूल अपनी एक शाखा यहाँ खोलना चाहता है। हमारा प्लॉट नेशनल हाइवे के पास है। उनका कहना है कि शहरों में अच्छी लोकेशन पर दो बीघा जमीन एक साथ मिलना मुश्किल हो गया है। उन्होंने इस इलाके का एक सर्वेक्षण करवाया था जिसमें यह पता चला कि इधर अच्छे स्कूल नहीं होने के कारण लोग अपने बच्चों को देहरादून, ग्वालियर, नैनीताल जैसे शहरों में भेजते हैं। स्कूल खुल जाएगा तो नेपाल के आस-पास के जिलों के बच्चे भी यहाँ पढ़ने आ सकते हैं। उनका मानना है कि एक अंतरराष्ट्रीय स्तर के विद्यालय की आवश्यकता इस इलाके के लोग बड़ी शिद्दत से महसूस कर रहे हैं।

'पिताजी...वे अपनी तरफ से कह रहे हैं पचास लाख देंगे। अगर हम बात करें तो पाँच-दस लाख शायद और मिल जाएँ। पिताजी, आप हाँ कहिएगा तो वे लोग अगले हफ्ते ही आकर जमीन का मुआयना करके बयाना देना चाहते हैं।

'हड़बड़ाइए मत राज बाबू! अपनी माँ से भी बात कर लीजिए। कुछ लोगों से हम भी बात-विचार कर लेते हैं। इतना बड़ा सौदा है। वैसे कुछ दिन और देख लेते...अखबार में आ रहा है जमीन का भाव अभी काफी बढ़ेगा। जहाँ एतना दिन देख लिए वहाँ कुछ दिन और देख लेते हैं...'

'पिताजी, आप इसी तरह से हर बार रोक देते हैं। उनको तो कोई न कोई मिल ही जाएगा। जमीन बेचने वाला। दो बीघा जमीन एक साथ खरीदने वाला खरीददार हमें कहाँ मिलेगा? आप कुछ सोचते तो हैं नहीं...' राज बाबू ने झुँझलाते हुए कहा।

'अच्छा, दो-तीन दिन में उनसे बात-विचार करके फोन करिए तब तक हम भी इधर राय-विचार कर लेते हैं।' कहते हुए उन्होंने फोन राज बाबू की माँ की तरफ बढ़ा दिया।

फोन मंगलवार की सुबह आया था इसलिए रामप्रिया देवी इस खबर को अपने आराध्य हनुमानजी का प्रसाद ही समझ रही थीं। पति को पेंशन के लिए भटकते जब डेढ़ साल हो गए तो एक दिन वे देवी मंदिर के पंडित कालिका मिश्र से अपने पति की कुंडली दिखाने ले गईं। पंडित जी ने कहा कि आप अपने परिवार की मंगल कामना के लिए मंगलवार को निर्जल उपवास रखना आरंभ कर दें। हनुमानजी ने चाहा तो रुका हुआ काम पूरा हो जाएगा। व्रत रखते एक साल भी नहीं हुआ और हनुमानजी ने इतना बड़ा प्रसाद दे दिया। पेंशन भी मिल ही जाएगी...रिटायरमेंट का पैसा भी...

चाय पीने के बाद भी चित्तरंजन बाबू की बेचैनी कम नहीं हुई। एक बार और घूमने के खयाल से वे उठ खड़े हुए। इस बार गाँव की ओर नहीं नदी की ओर। नदी के उस पार शहर दिखाई देता था जिसके पूर्वी सिवान पर उनका दो बीघा का वह प्लॉट था जिसे सब फाव की जमीन कहते। 'फाव माने नहीं समझे, फोकट में, मुफ्त में।' एक बार उनके बड़े भइया ने उन्हें समझाया था।

रायबहादुर सरयू प्रसाद सिंह के पुत्र बाबू रामलखन प्रसाद सिंह उर्फ मास्टर साहब यानी चित्तरंजन बाबू के पिताजी की अर्जित उस संपत्ति पर उस दिन उनको बहुत गर्व महसूस हो रहा था। शायद इसी दिन के लिए उन्होंने गाँव में पाँच बीघा का हिस्सा केवल इस जमीन को पाने के लिए छोड़ दिया था। तब लोग उनसे कहते—'आप बौरा गए हैं। इतनी उपजाऊ जमीन छोड़कर ऐसी जमीन ले रहे हैं जहाँ न कुछ उपजेगा न जहाँ कोई रह सकता है। जवाब में वे कहते—खर्चा तो कलेक्टेरियट की नौकरी से ही चल जाता है। बाकी समझ लीजिए कि ई जमीन मेरा फिक्स्ड डिपोजिट है। रिटायरमेंट के बाद इसे तुड़वाऊँगा।'

तीस साल पहले उनके पिताजी रामलखन प्रसाद सिंह को यह जमीन कैसे मिली इसका भी एक किस्सा है। रामलखन बाबू शहर के मथुरा उच्च विद्यालय में जीवन भर पढ़ाते रहे। लोग उनको नाम से कम मास्टर साहब के नाम से अधिक जानते। शहर में बसु नर्सिंग होम का बड़ा नाम है। आज इस बात को कम ही लोग जानते हैं कि डॉक्टर निमाई बसु ने यह नर्सिंग होम मास्टर साहब से ब्याज पर पैसा लेकर शुरू किया था।

उत्तर बिहार के उस इलाके में दूर-दराज के गाँवों में भी बसु डॉक्टर का नाम सब जानते थे। उनका असली नाम निमाई बसु कम ही लोग जानते। उत्तर बिहार ही नहीं सीमा से सटे नेपाल के गाँवों में भी साइकिल पर अपना डॉक्टरी का बक्सा लादे चलने वाले बसु डॉक्टर की अलग ही पहचान थी। केवल

बथनाहा ही नहीं आसपास के न जाने कितने गाँवों के लोग बसु डॉक्टर को अपना ही डॉक्टर समझते।

गाँव में आते-जाते मास्टर साहब से बसु डॉक्टर की अच्छी छनने लगी। निमाई बसु अलग-अलग दिन अलग-अलग गाँव में जाते। मंगलवार का दिन उनका बथनाहा के मरीजों के नाम रहता। उस दिन खाना वे मास्टर साहब के घर ही खाते। इस तरह दोनों के बीच घनिष्ठ संबंध बन गए। बसु डॉक्टर घर वालों का इलाज भी कर देते थे। दवा भी दे देते। सर्दी-खाँसी, मथबत्थी, पेट की बीमारी, जाड़-बुखार सारी बीमारियों की दवा उनके बैग में हमेशा मौजूद रहती।

कई साल गुजर गए। बसु डॉक्टर ने मास्टर साहब से एक दिन कहा कि ठीक है, अब साइकिल नहीं स्कूटर से चलने लगा हूँ। मगर इस तरह भटकते-भटकते अब मन भर गया है। सोचता हूँ शहर में अपना नर्सिंग होम खोलूँ। शहर के बड़े-बड़े डॉक्टरों में नाम लिखाऊँ। कुछ आपकी मदद की जरूरत पड़ेगी। मास्टर साहब ने 75 हजार रुपए उस सस्ती के जमाने में डॉक्टर साहब के हाथ पर रख दिए। बसु डॉक्टर ने गाँव-गाँव घूमना छोड़ दिया और पूरी तरह नर्सिंग होम बनवाने के काम में लग गए।

नर्सिंग होम बन जाने और बसु डॉक्टर के गाँव में न आने से मास्टर साहब का उनसे मिलना कम हो गया। कर्ज के पैसों की मास्टर साहब को कोई चिंता नहीं थी। दस प्रतिशत ब्याज पर कर्ज देते समय मास्टर साहब ने अपने उस पुराने डॉक्टर दोस्त से हैंडनोट भी बनवा लिया था ताकि सनद रहे। समय तेजी से भागता जा रहा था और कई साल इस बीच निकल गए।

आखिरी 8-10 महीनों से तो बसु डॉक्टर से मास्टर साहब की भेंट भी नहीं हो पाई थी। घर-नर्सिंग होम के कई चक्कर लगाने के बाद भी जब डॉक्टर साहब से उनकी भेंट नहीं हो सकी तब जाकर मास्टर साहब को लगने लगा कि हो न हो उनका पुराना मित्र उधार में लिया धन शायद लौटाना नहीं चाहता है। ब्याज समेत उधार की राशि बढ़ते-बढ़ते दो लाख हो चुकी थी। इतना पैसा छोड़ा तो नहीं जा सकता था...

मास्टर साहब ने इलाके के बड़े-बुजुर्गों को जुटाना शुरू किया। बसु डॉक्टर को भनक लग गई। उनको डर लगा कि कहीं नर्सिंग होम की बदनामी न हो जाए। एक बार जिस डॉक्टर की बदनामी हो जाती है मरीज उसके पास आने से कतराने लगते हैं। पहले ही एक औरत के नवजात बच्चे की मौत हो जाने से उसके परिजनों ने बसु नर्सिंग होम के बाहर बड़ा हंगामा मचाया था। अभी उस

घटना को लोग ठीक से भूले भी नहीं थे। ऐसे में अगर यह बात भी फैल जाती कि डॉक्टर साहब ने बथनाहा गाँव के मास्टर साहब का पैसा पचा लिया है तो हो सकता था कई गाँवों के मरीज उनके यहाँ आना ही छोड़ देते। डॉक्टर निमाई बसु पंचायत के लिए तैयार हो गए।

शहर के गणमान्य लोगों की पंचायत बैठी। मास्टर साहब ने भी शहर के कई बड़े लोगों के बच्चों को ट्यूशन पढ़ाया था। उनके कहने पर लोग जुटे। पंचायत के सामने डॉक्टर बसु ने यह तो मान लिया कि उसने मास्टर साहब से दस प्रतिशत की ब्याज दर पर कर्ज लिया था। साथ ही, अपना दुखड़ा भी रोया कि देने के लिए उसके पास पैसे नहीं हैं। नर्सिंग होम बनाने में पैसा तो बहुत लगा मगर कमाई का कुछ पता ही नहीं चल रहा। मैंने सालों मास्टर साहब का नमक खाया है इसलिए नमकहरामी नहीं कर सकता। अगर ये चाहें तो बेला में मैंने दो बीघा जमीन खरीदी थी वह दे सकता हूँ। शहर के पूर्वी सिवान की वही एक जमीन है इस समय मेरे पास देने के लिए। मास्टर साहब मान गए और अगले दो-तीन दिनों में जमीन की रजिस्ट्री भी हो गई।

मास्टर साहब की पत्नी ने बड़ा रोना-धोना मचाया, कहा—पैसे लाते तो दोनों बेटों के नाम एक-एक लाख का फिक्स्ड डिपोजिट कर देते। ई जंगल का जमीन किस काम का? न इस पर कुछ उपजेगा और शहर से एतना दूर है कि यहाँ कोई रहने भी नहीं आएगा। दो लाख गँवाकर ई फाव की जमीन उठाकर ले आए। मास्टर साहब को जवाब देना मुश्किल पड़ जाता। जहाँ जाते लोग कहते–सुना है डक्टरवा ने आपको फाव का जमीन दे दिया। मास्टर साहब सबको एक जैसा जवाब देते। वे कहते—

मैंने बहुत सोच-समझकर बसु डॉक्टर से यह जमीन खरीदी है। आज भले वहाँ खुरपैरिया सड़क है। मगर है यह जमीन सड़क के किनारे। मैंने पता किया है उस सड़क से छह-सात गाँव के लोग रोज गुजरते हैं। दिनभर में पैदल-साइकिल मिलाकर 100 लोग तो गुजरते ही होंगे। आज भले यह जमीन आप लोगों को जंगल लगता हो लेकिन जिस रफ्तार से मुजफ्फरपुर शहर की आबादी बढ़ती जा रही है शहर के सिवान को यहाँ आते-आते 20-25 साल से अधिक नहीं लगेंगे। आप लोग देख लीजिएगा, ई जमीन एक दिन सोना से भी महंगा हो जाएगा....

वैसे उस जमीन को लेकर एक दूसरी कहानी भी उन दिनों प्रचलन में थी। कहानी का सूत्रधार था बथनाहा गाँव का ललनसिंह। ललन बसु नर्सिंग होम में

कंपाउंडर का काम करता। उसने बताया कि यह बहुत कम लोग जानते हैं कि बसु डॉक्टर के परिवार में कौन-कौन हैं। उसकी एक छोटी बहन थी।

डॉक्टर ने जब नई-नई डॉक्टरी की परीक्षा पास की तो उसने नेपाल के गाँवों को डॉक्टरी के लिए चुना। नेपाल के परसा गाँव में उसकी एक मधेशी परिवार से ऐसी घनिष्ठता हुई कि अपनी छोटी बहन सुतपा का विवाह उसने उसी परिवार के राजेश मंडल से कर दिया। लड़के की किराने की दुकान थी। खाता-पीता परिवार। बहन वहाँ खुश रहने लगी।

सुतपा निमाई बसु की इकलौती बहन थी। ललन बताता कि अपने भइया पर उसे भगवान से भी ज्यादा भरोसा था। बाद में बसु डॉक्टर मुजफ्फरपुर के गाँवों में आकर डॉक्टरी करने लगा। तब भी उसकी बहन अपनी थोड़ी-बहुत जमा-पूँजी भाई के पास ही जमा कराती। कहती—भइया यहाँ नेपाल में राजतंत्र है। यहाँ पैसे अगर अधिक जमा हो जाएँ तो राजा संपत्ति जब्त कर लेता है। आपके पास रखूँगी तो पैसे सुरक्षित रहेंगे। मौके-बेमौके आपसे ही ले लिया करूँगी। डॉक्टर ने कहा कि यहाँ पैसे मैं बैंक में रख दूँगा। बैंक में पैसे छह साल में दोगुने हो जाते हैं। तेरे पैसे बढ़ते भी रहेंगे।

जब बसु डॉक्टर ने नर्सिंग होम खोला तो सुतपा को भी अपने पैसों का ध्यान आया। उसने कभी भाई से हिसाब नहीं मांगा था। एक दिन वह अपने बेटे के साथ आई और बसु डॉक्टर से बोली—भइया, आपके भांजे का कोलंबो प्लान में इंजीनियरिंग पढ़वाने की सोच रही हूँ। दो लाख का खर्चा बता रहे हैं। दो लाख दे दीजिए और बाकी कितने बचे यह भी बता दीजिए।

उस दिन पहली बार सुतपा को मालूम हुआ भरोसा किसी का नहीं करना चाहिए—भाई का भी नहीं। उसके भगवान समान भइया इस बात से साफ-साफ मुकर गए कि छोटी बहना ने उसे कभी रुपए जमा करने के लिए दिए भी थे।

'अभी तो मैं 15-20 हजार ही दे सकता हूँ। नर्सिंग होम खोला है। हाथ एकदम खाली है। खर्चे के लिए इतना तो मैं दे सकता हूँ। बाकी तू किन पैसों की बात कर रही है। मुझे पता नहीं। पाल-पोसकर इतने बढ़िया परिवार में मैंने तेरी शादी क्या इसी दिन के लिए करवाई थी कि तू अपने बड़े भाई को ही बेईमान ठहराए।' बसु डॉक्टर ने उलटे बहन पर ही इल्जाम लगाना शुरू कर दिया।

बहन ने तो कभी कोई हिसाब-किताब रखा नहीं था। न ही उसके पास कोई गवाह था। भाई से ही नहीं संसार से ही उसका विश्वास उठ गया। उसने भाई से बस इतना कहा—बेईमानी का धन फलेगा नहीं भइया याद रखना। कहते हैं

नेपाल में अपने गाँव परसा जाकर उसने आत्महत्या कर ली। जब विश्वास ही नहीं बचा तो संसार में जी कर भला क्या करती...

ललन बताता उधर सुतपा दीदी ने आत्महत्या की इधर बसु डॉक्टर के घर में अनहोनी घटनाएँ घटने लगीं। अनाज बरतनों को तोड़-तोड़ कर बाहर आने लगे। कभी घर में कहीं साँप निकल जाता, कभी सारे घर में पाखाने की गंध भर जाती, कभी चमेली के फूलों की खुशबू आने लगती। यह उन्हीं दिनों की बात है जब बसु नर्सिंग होम में एक नवजात बच्चे की मौत हो गई थी। बड़ा हंगामा हुआ। चारों तरफ से डॉक्टर साहब परेशानियों से घिरते चले जा रहे थे...

इस परेशानी से मुक्ति के लिए बसु डॉक्टर ने ओझाओं, भगतों के यहाँ चक्कर लगाना आरंभ कर दिया। भटकते-भटकते वे पुपरी के बसुलिया बाबा के ठिकाने पहुँचे। डॉक्टर निमाई बसु की पत्नी बसुलिया बाबा के चरणों में गिर पड़ी—महाराज, बड़ी विकट समस्या है। कुछ रास्ता बताइए...बाबा ने उनकी पीठ पर हाथ फेरते हुए जवाब दिया—डॉक्टर की बहन की आत्मा पराछुत हो गई है। जिस व्यक्ति की आत्मा अतृप्त रह जाती है वह पराछुत हो जाता है। उसकी मुक्ति का उपाय करो। अगर उसकी आत्मा को मुक्ति नहीं मिली तो तुम्हारा सर्वनाश कर देगी। याद रखना...

'उपाय महाराज'—चरणों से सिर उठाकर निमाई बसु की पत्नी ने पूछा।

'शहर के पूरब सिवान पर तुम्हारा जमीन है क्या?'

'जी महाराज।'

'उससे मुक्ति पाने का उपाय करो। याद रखना! जमीन को बेचना नहीं है। ऐसे देना किसी को जैसे फाव की जमीन हो।' बाबा ने आँखें बंद किए-किए ही जवाब दिया।

'ग्यारह दिन का हवन करना होगा। तुम्हारी पत्नी को रोज आना होगा', बाबा ने डॉक्टर की ओर देखते हुए कहा, 'औरत की आत्मा है औरत की पूजा से ही शांत होगी।'

डॉक्टर साहब ने तुरंत हामी भर दी।

हो सकता है बाबा ने जमीन को फाव में देने का दाँव इसलिए चला हो कि डॉक्टर उसको ही आश्रम के लिए वह जमीन दे दे। लेकिन बसु डॉक्टर ने मास्टर साहब को जमीन देकर बाबा की बात भी रख ली और अपना पुराना कर्ज भी उतार दिया। अलबत्ता उनकी पत्नी ने निष्ठापूर्वक हवन का कार्य बाबा के साथ संपन्न किया।

ललन के हवाले से ही लोग बताते कि अपनी बला टालने के लिए ही डॉक्टर साहब ने मास्टर साहब को शहर में फाव में इतनी जमीन दे दी। लोग कहते—देखना, इनको भी ब्याज के पैसों के बदले ली गई यह जमीन फलेगी नहीं...

इसे महज संयोग के अलावा क्या कहा जा सकता है कि जिस नदी में मास्टर साहब ने तैरना सीखा, पिछले पचास बरसों से जिस नदी में वे तैरते आ रहे थे हमेशा की तरह उसमें उस दिन वे तैरने उतरे, डुबकी लगाई...पता नहीं क्या हुआ कि फिर कई घंटों के बाद उनकी लाश ही बाहर आई। अजब संयोग था—न नदी में बाढ़ आई थी, न उन्होंने पहली बार नदी में डुबकी लगाई थी। उलटे वे तो काफी-काफी देर तक इस उम्र में भी नदी के भीतर डुबकी लगाकर बैठ जाते थे।

हो सकता है उस दिन भी उन्होंने डुबकी लगाकर सांसें रोकी हों। उम्र भी तो सत्तावन साल हो चुकी थी। साँस टूट गई हो। क्या पता! नीचे गाद काफी भरा था उसी में किसी झाड़-झंखाड़ में पैर फंस गया हो। मगर तरह-तरह की बातें उस वक्त उनकी मौत को लेकर भी हुई। लोग कहते इतने जबर्दस्त तैराक थे ऐसे कैसे डूब सकते थे। पानी में पराछुत बैठा हुआ था। उसी ने पानी में सिर गोंत दिया...

तरह-तरह की बातें। हो सकता है डाक्टर बसु उस जमीन से मुक्ति पाने के बाद पराछुत के अभिशाप से मुक्त हो गया हो। चित्तरंजन बाबू के परिवार का उसके परिवार के साथ मास्टर साहब के मरने के बाद कोई संबंध नहीं रह गया। इस घटना के बाद लोगों के मन में यह बात बैठ गई कि हो न हो यह जमीन अभिशप्त है, कि इसके ऊपर पराछुत का शाप है।

खैर...मास्टर साहब अपनी सारी जिम्मेदारियाँ पूरी करके गुजरे। बड़ा लड़का तो पहले ही बैंक की नौकरी में आ चुका था। उनसे मिलने गाँव तो कम ही आता, पर मास्टर साहब बड़े गर्व के साथ बताते—जगत किशोर सिंह मेरा लड़का इलाहाबाद बैंक में मैनेजर है। चिंता उनको अपने छोटे लड़के की रहती। पढ़ने-लिखने में बड़े भाई की तरह तेज तो नहीं ही था दादी और माँ के प्यार ने रही-सही कसर भी पूरी कर दी। किसी तरह बी.ए. की परीक्षा पास करके भटक रहा था।

वह तो मास्टर साहब की किस्मत से उनके मरने से साल भर पहले ही उनका एक पुराना स्टुडेंट पास के ही जिले में कलेक्टर बनकर आया। कह-सुनकर मास्टर साहब ने अपने छोटे लड़के चित्तरंजन को मुजफ्फरपुर कलेक्टेरियट में

क्लर्क रखवा दिया। मास्टर साहब के लड़के थे इसलिए गाँव वालों ने उनका ओहदा बढ़ाकर उन्हें बड़ा बाबू कहना शुरू कर दिया।

मास्टर साहब अपने परिवार के लिए फेविकोल का मजबूत जोड़ थे। जब तक जिंदा रहे परिवार एकजुट रहा। आदर्श परिवार की मिसाल बनकर। उनके जीते-जी उनके जो लड़के राम-लक्ष्मण का प्रतिरूप माने जाते थे मरने के साल भर के अंदर ही भाइयों में बंटवारे की नौबत आ गई। जगत किशोर बाबू वैसे भी गाँव कम ही आते थे। पिताजी के गुजर जाने के बाद उन्होंने अपने छोटे भाई से कहा—आधा-आधा बाँट लेते हैं। मुझे तो यहाँ की संपत्ति बेचनी ही है। खेती कौन करेगा, बैंक बैलेंस रहेगा तो मुश्किल वक्त में जरूरत के वक्त में काम आएगा।

छोटे भाई चित्तरंजन ने बड़े भइया को बड़ा समझाया पुरखों की जमीन है। एक साथ जमीन है तो आज भी जमींदार कहलाते हैं। जमीन बाँट लेने पर हम भी छोटे किसान होकर रह जाएँगे। लेकिन जगत किशोर अपने फैसले से टस-से-मस नहीं हुए। उन्होंने कहा—गाँव के घर में तुम रहते हो इसलिए यह मैं तुम्हें देता हूँ बाकी सब आधा-आधा। बीस-बीस बीघा हिस्सा बनता था। अब समस्या फाव की जमीन की थी।

बड़े भाई ने समझाया कि इस जमीन के बारे में ऐसा हल्ला हो गया है कोई खरीदने वाला नहीं मिलेगा। मेरी एक सलाह है शहर में खाद के व्यापारी हैं रामानंद साह। कह रहे थे अपने गाँव में उनकी चार बीघा जमीन है बँटाई पर दे रखी है। बटाईदार कभी कुछ देते हैं कभी कहते हैं बाढ़ के पानी में सब बह गया। अगर तुम कहो तो ऊ फाव का जमीन से बदल लेते हैं। चार बीघा खेती की जमीन आ जाएगी। पता नहीं फाव की जमीन पास रही तो घर का क्या कुछ बिगाड़ हो जाए!

भइया की बातों को सुनकर छोटे भाई चित्तरंजन सिंह ने कहा—मैं आपकी तरह पढ़ा-लिखा तो नहीं हूँ पर भूत-प्रेत-पराछुत जैसी बातों में मेरा कोई विश्वास नहीं है। शहर में दो बीघा जमीन है फाव में नहीं जाने देंगे। आपको इतना ही पड़ा है तो गाँव में मुझे पाँच बीघा हिस्सा कम दीजिए और वह जमीन मुझे दे दीजिए। भाई ने ही नहीं गाँव वालों ने भी समझाया कि उस जमीन का मोह छोड़ दें। चित्तरंजन बाबू टस-से-मस नहीं हुए।

बँटवारे के बाद बड़ा बाबू ने जमीन के चारों ओर ईंट का बाउंड्री वाल बनवाया और बाहर गेट। गेट पर बोर्ड टंगवा दिया। उस पर लिखा था—यह जमीन बथनाहा गाँव के चित्तरंजन सिंह (बड़ा बाबू) की है।

बरसों बीत गए। वह बोर्ड उसी तरह टंगा रहा। बदरंग होने के बावजूद दीवार खड़ी रही। चित्तरंजन बाबू का परिवार बड़ा हुआ। उनके दो लड़के हुए। बड़ा राजकुमार, छोटा सनत कुमार। खेती से घर का खाना-पीना चल जाता था। सप्लाई विभाग में बड़ा बाबू रहे पंद्रह साल। घर में किसी चीज की कमी नहीं रही। फाव की जमीन, पराछुत का शाप जैसी बातों को गाँव वाले भूल-से गए। हाँ, कभी-कभी बड़े-बुजुर्ग बैठते तो कहते—चित्तरंजन बाबू को फाव की जमीन धार गई।

खुद भले गाँव में रहे हों बच्चों की पढ़ाई-लिखाई में कोई कसर नहीं छोड़ी चित्तरंजन बाबू ने। सोचा था बड़े लड़के को मेडिकल पढ़ाएँगे। डॉक्टर बनाएँगे। कोचिंग करवाया पर तीन बार काम्पिटिशन में थोड़ा-थोड़ा नंबर से आने से रह गया। उस समय शहर में कलक्टर आए थे सुशांत देव। एकदम नौजवान। शादी भी कलक्टर रहते ही हुई थी। उस समय बड़ा बाबू सचमुच कलक्टर ऑफिस में बड़ा बाबू हो चुके थे। बड़ा बाबू उसके जाने के बाद भी अक़्सर उसे याद करते और कहते—बड़ा अच्छा आदमी था। इतना अच्छा कलक्टर कभी नहीं आया था। चित्तरंजन बाबू कहकर बुलाता था, इतना सज्जन।

उसी ने बड़ा बाबू को सलाह दी कि मेडिकल में नहीं हुआ तो कोई बात नहीं दिल्ली यूनिवर्सिटी में नाम लिखा दीजिए। पढ़ने में अच्छा लगता है। कोचिंग करवा दीजिएगा तो आईएएस बन सकता है। घर-परिवार का रुतबा बदल जाएगा।

कलक्टर साहब की बात चित्तरंजन बाबू को जंच गई। राज बाबू का खुद जाकर दिल्ली में नाम लिखा आए। देशबंधु कॉलेज में दाखिला करवाया। हॉस्टल था नहीं। वहीं गोविंदपुरी में लॉज में कमरा दिलवा दिया। वहीं रह कर राज बाबू आईएएस की तैयारी करने लगे...

छोटा लड़का सनत शुरू से ही पढ़ने में तो उतना अच्छा नहीं था पर मेहनती बहुत था। इंटर पास करने के बाद उसने कहा—मैं बड़े-बड़े सपने नहीं देखता। गया में नया पॉलिटेक्निक कॉलेज खुला है। पचास हजार रुपया देके नाम लिखा रहा है। ओवरसियर की नौकरी कोर्स खत्म होते ही मिल जाती है। चित्तरंजन बाबू को उम्मीद थी बड़ा लड़का दिल्ली पढ़ने गया है। देर-सबेर आईएएस बन ही जाएगा। एक बेटा ओवरसियर बन जाए तो कोई नुकसान नहीं। वे तैयार हो गए और छोटे लड़के सनत कुमार का दाखिला गया के पॉलिटेक्निक कॉलेज में करवा दिया।

उधर फाव की जमीन उन्होंने बटाई पर फेकु मंडल को दे दी थी। वह साल भर उस पर तरह-तरह की सब्जियाँ उगाता। घर में खाने को सब्जी हो जाती। शहर के बाजार में सब्जी बेचकर कुछ पैसे भी वह दे जाता। चित्तरंजन बाबू का रोज का एक ही रूटीन था—सवेरे स्कूटर पर बैठकर कलेक्टेरियट जाना और रात में लौटकर आना। सब कुछ इसी तरह चलता रहा...

सब कुछ इसी तरह चल रहा होता अगर उस खुरपैरिया सड़क को सरकार ने नेशनल हाइवे से जोड़ने की घोषणा न कर दी होती। जब घोषणा हुई तब लोग कहते—अब समझ में आया बड़ा बाबू कितना दूर का सोचते थे... अब जमीन का भाव बढ़ जाएगा...सोना हो जाएगा...

जमीन का भाव बढ़ा जा रहा था। मुजफ्फरपुर में पता नहीं कहाँ-कहाँ से लोग आ-आकर बस रहे थे। फाव की जमीन, पराछुत का अभिशाप का किस्सा जानने वाले शहर में कम होते जा रहे थे। एक दिन शहर के मशहूर ठेकेदार जसराज दौलतानी ने चित्तरंजन बाबू को प्रस्ताव दिया कि जमीन को छोटे-छोटे प्लॉट में काट देते हैं। एक तरफ आपका घर भी बन जाएगा। साथ में 15-20 परिवार और बस जाएंगे। जमीन का भाव बढ़ रहा है। लेकिन बड़ा बाबू ने यह कहते हुए मना कर दिया कि पुश्तैनी जमीन है। इसको बेचने के बारे में अभी नहीं सोचा है। जब बेचना होगा तो सबसे पहले आपको ही बताएँगे।

नेशनल हाइवे से जुड़ने के बाद वहाँ आसपास अच्छी चहल-पहल हो गई। धीरे-धीरे सारी जमीन बिक गई। बस यही एक प्लॉट बाकी था—बथनाहा गाँव के चित्तरंजन सिंह की जमीन। सब जानते कलेक्टेरियट के बड़ा बाबू की जमीन है। पहले कोई उस जमीन की ओर झांकता भी नहीं था। कोई उसे देखता भी नहीं था। अब वह जमीन सबकी नजर में थी। एक बार शहर में ओझाजी थे ए.डी.एम.। उन्होंने चित्तरंजन बाबू को सलाह दी—इतना बड़ा प्लॉट है शहर में। इसे निकाल दीजिए। शहर में आपके पास जितनी ज्यादा जमीन रहेगी उतना ही बड़ा आदमी उसे हड़पने की कोशिश करेगा। बड़े-बड़े लोगों से दुश्मनी का खतरा रहेगा...

ओझाजी की बात कुछ दिन बाद फलीभूत होती लगने लगी। शहर में एम.पी. बनकर आए रामबरन राय। एम.पी. साहब को जमीन हड़पने का शौक था। उनकी नजर बड़ा बाबू की जमीन पर पड़ी। आदमी भेजकर उनको कहलवाया कि एम.पी. साहब बात करना चाहते हैं। एम.पी. साहब ने साम, दाम, दंड, भेद सारे दांव अपनाए उस जमीन को हड़पने के लिए। मगर कुछ काम नहीं आया...

कहा बदले में पटना में कंकड़बाग में तीन कमरे का फ्लैट ले लीजिए। आराम से रिटायरमेंट के बाद वहीं रहिएगा। बड़ा बाबू नहीं माने। कहा, बेटा को दिल्ली में सरकारी नौकरी दिलवा देंगे। बड़ा बाबू नहीं माने। कहा, मालदार विभाग में आपकी पोस्टिंग करवा देते हैं। रिटायरमेंट तक इतना कमा लीजिएगा कि चैन से बैठकर खाइएगा। बड़ा बाबू नहीं माने।

कहा घूसखोरी के आरोप में फंसवा दूँगा। जिंदगी केस लड़ते-लड़ते कट जाएगी। बड़ा बाबू नहीं डरे। कहा दुपहिया पर चलते हैं किसी दिन एक्सीडेंट हो जाएगा। किसी को समझ में भी नहीं आएगा कि कैसे हुआ? बड़ा बाबू नहीं डरे। कहा, दिल्ली में बेटा अकेले रहता है उठवा लेंगे। किसी को पता भी नहीं चलेगा। बड़ा बाबू नहीं डरे।

डरते भी क्यों? कलक्टर के ख़ास पी.ए. जो थे। कलक्टर ने भी एम.पी. के खिलाफ उनको पूरा प्रोटेक्शन दिया। मगर चित्तरंजन बाबू के मन में भी थोड़ा डर बैठ गया था। उनकी पत्नी ने सलाह दी—'अभी तो एक एम.पी. साहब जमीन के पीछे पड़े हैं। कल और लोग पीछे पड़ जाएँगे। दोनों बेटा बाहर रहता है। बेच दीजिए। इतना दाम मिल जाएगा कि दिल्ली में घर हो जाएगा। बड़का कह रहा था पाँच-सात लाख में दिल्ली में डीडीए का फ्लैट मिल जाता है...'

बड़ा बाबू उस दिन काफी नाराज हुए पत्नी रामप्रिया देवी पर। बोले—राज बाबू आपको जमीन बेचने के लिए भड़काते रहते हैं। आप उनकी बातों में आ जाती हैं। लाखों रुपया पढ़ाई पर खर्च कर दिया। क्या मिला? अब कुछ नहीं तो इसी जमीन पर आँख गड़ाए हैं...आप लोग बेकार डरते हैं। पास में पक्का कागज है। सारा इलाका जानता है ऊ किसका जमीन है...किसी का जमीन हड़पना एतना आसान नहीं होता...

वैसे कभी-कभी बड़ा बाबू को भी लगता ए.डी.एम. साहब सही ही कहते थे...खैर, रामबरन राय अगले चुनाव में हार गए और चित्तरंजन बाबू ने चैन की सांस ली कि अब शायद यह बला टल जाए...लेकिन पुराने ए.डी.एम. ओझाजी की यह बात उनके कानों में गूँजती रहती—शहर में जितनी ज्यादा जमीन समझिए दुश्मनी उतने ही बड़े-बड़े लोगों से...

उनका बड़ा बेटा राजकुमार जिसे वे राज बाबू और उनकी पत्नी बड़का कहकर बुलाते थे, दिल्ली विश्वविद्यालय से पास तो फर्स्ट डिवीजन में हुआ, मगर आईएएस की परीक्षा तीन बार में भी पास नहीं कर पाया। ऊपर से तो चित्तरंजन बाबू यही कहते—आदमी का सब सपना पूरा थोड़े होता है...हमारा बेटा दिल्ली विश्वविद्यालय में पढ़ा। यही बड़ी बात है। बथनाहा गाँव से दिल्ली

कमाने तो बहुत लोग गए पर किसका बाल-बच्चा दिल्ली विश्वविद्यालय में पढ़ा...' अंदर ही अंदर सोचते हो न हो कहीं पराछुत का शाप ही तो नहीं है...

बेटे का नाम गाजियाबाद में एमबीए में लिखवा दिया। कोई पूछता तो चित्तरंजन बाबू कहते—आजकल प्राइवेट नौकरी का जमाना आ गया है। आईएएस-आईपीएस लोग भी नौकरी छोड़-छोड़ के प्राइवेट में जा रहा है। याद है, अपने यहाँ एसडीएम बनकर आया था नीरज सहाय—एकदम नौजवान छोकरा। कलक्टर बना पटना का...एक साल में ही नौकरी छोड़कर अंबानी का कंपनी ज्वाइन कर लिया...लाख रुपया तनख्वाह, बाकी सुविधा सब अलग से...अब सरकारी नौकरी में ऊ बात कहाँ...'

छोटा लड़का सनत बीसीसीएल, धनबाद में जूनियर इंजीनियर बन गया। बड़का ने एमबीए पास किया, गुड़गाँव में जूता बनाने वाली एक कंपनी में काम करने लगा। तीन-चार सालों में तीन-चार कंपनियाँ बदलने के बाद आजकल हिमालय आयुर्वेदिक कंपनी के मार्केटिंग विभाग में काम कर रहा है। कहता है इस इंडस्ट्री का फ्यूचर बड़ा ब्राइट है। राज बाबू से कोई तनख्वाह पूछे तो बताते—कुछ साल में काफी बढ़ जाएगी...

बड़े बेटे की शादी को लेकर बड़ा बाबू ने बड़े-बड़े अरमान पाल रखे थे। यह अरमान भी उनका पूरा नहीं हो पाया। एक तो उनका पहले वाला रुतबा बाकी नहीं रह गया था। रिटायर जो हो गए थे। ऊपर से बेटा प्राइवेट नौकरी में! भले शहर में दो बीघा जमीन थी मगर अच्छे परिवार से रिश्ता नहीं आ रहा था। किसी छोटे परिवार में अपने लड़के की शादी करना उनको अपनी शान के खिलाफ लग रहा था। खैर...उनका संकट उनके लड़के ने खुद ही दूर कर दिया। एक दिन फोन पर उसने माँ को बताया कि वह साथ काम करने वाली लता रंगनाथन से शादी करना चाहता है...

दोनों ने बेटा पर भावनात्मक दबाव बनाया। बड़ा बाबू बोले—घर छोड़कर भाग जाएँगे। पत्नी ने कहा—जहर खा लेंगे। इसका उलटा असर हुआ। राज बाबू ने एक दिन माँ को फोन करके बताया—आर्य समाज मंदिर में हम लोगों ने शादी कर ली है। पापा के साथ आशीर्वाद देने नहीं आइएगा। एक बार पतोहू को देख लीजिएगा। मन खुश हो जाएगा।

बचपन से जिस बेटे को राज बाबू कहते आए थे उसने चित्तरंजन बाबू के लिए कोई ऑप्शन ही नहीं छोड़ा। लाखों रुपया पढ़ाई पर खर्च कर दिया...क्या कर सकते थे।

'है लड़की मद्रासी जरूर पर है अच्छे परिवार की। उसके पापा वहाँ प्रोफेसर हैं। इधर इतने बड़े परिवार का रिश्ता कहाँ आ रहा था। दहेज भी कुछ ख़ास नहीं मिलता...बड़ा बाबू ने पत्नी को समझाया।

क्या करते दोनों गए। महीना भर दिल्ली रहकर आए।

लौटकर आए तो जो भी मिलने आता उससे कहते—'एक बात है दक्षिण भारतीय स्त्रियों के संस्कार बड़े ऊँचे होते हैं। हमारे तरफ की लड़कियाँ फैशन के पीछे ज्यादा भागती हैं। उधर की लड़कियाँ बड़ी सुशील होती हैं। मेरी पतोहू तो सर पर आँचल रखकर ही बात करती है।'

राज बाबू की शादी क्या हुई उनके ऊपर एक नई धुन सवार हो गई। कहने लगे, बेला वाला जमीन बेच दीजिए। दिल्ली में घर खरीदना है। नौकरी दिल्ली में करते हैं यहाँ गाँव में जमीन रखकर क्या होगा? आप भी रिटायरमेंट के बाद दिल्ली ही आ जाइए। सनत भी दिल्ली में नौकरी की कोशिश में लगा ही है। यहीं घर बनवा लेते हैं। सब कोई साथ रहेंगे।

चित्तरंजन बाबू की सोच कुछ अलग थी। वे बेटे को समझाते—'किसान के बेटे हैं आप जमीन का महत्त्व समझिए। जमीन से उसकी मर्यादा जुड़ी होती है। किसान जमीन तभी बेचता है जब वह बहुत विपत्ति में होता है। रिटायरमेंट का पैसा मिलते ही वहाँ छोटा-सा घर बनवा लेंगे। बाकी चारों तरफ दुकान बनवा देंगे। छोटा-मोटा मार्केट समझ लीजिए। जीवन भर किराए की कमाई खाइएगा। प्राइवेट नौकरी करते हैं। आय का एक और रास्ता भी आपके लिए खुल जाएगा।'

बेटे की बात कब तक टाल सकते थे चित्तरंजन बाबू। न रिटायरमेंट का पैसा मिल रहा था न पेंशन शुरू हो पा रहा था। दौड़ते-दौड़ते तीसरा साल हो गया था। बेटे की तरह उनको भी लगने लगा था जमीन बेचने में ही कल्याण है...

पिछले सालों में राज बाबू कई बार खरीददारों की बात कर चुके थे। कई खरीददार आए भी—किसी को जमीन पसंद आती तो लोकेशन नहीं, किसी को बिहार में इन्वेस्ट करने में डर लग जाता...कई सालों से यही सब चल रहा था। जमीन का जिम्मा, उसे बेचने का जिम्मा चित्तरंजन बाबू ने बेटे पर ही छोड़ रखा था। वे जानते थे राज बाबू जमीन बिकवा कर ही दम लेंगे...

समय बड़ी तेजी से भाग रहा था। राज्य में नई सरकार आई। नई घोषणाएँ हुई। दिल्ली-मुंबई जैसा विकास करने की बात होने लगी। कहीं मॉल बनने की

घोषणा होती, कहीं मल्टीप्लेक्स खुलने की चर्चा...चित्तरंजन बाबू के बेटे ने फोन पर बताया था दिल्ली के पास नोएडा में एक ऐसा मॉल खुला है जिसमें घूमते-घूमते दिन खत्म हो जाता है मॉल नहीं...एक ही छत के नीचे सैकड़ों दुकानें, सिनेमाघर...पता नहीं क्या-क्या!

सरकार ने घोषणा की शहर-शहर मॉल विकसित करने का काम मुंबई के एक प्रसिद्ध फिल्म अभिनेता को दिया जा रहा है। चारों ओर विकास होगा...शहर-शहर सरकार जमीन का अधिग्रहण करने लगी...

चित्तरंजन बाबू इंतजार कर रहे थे उन विदेशी सौदागरों का जिनको स्कूल खोलने के लिए जमीन की दरकार थी। एक बार सौदा पक्का हो जाए दिल्ली में रहने का पुराना सपना भी पूरा हो जाए...

आदमी जो सोचता है अक़्सर वही कहाँ हो पाता है...

एक दिन 'हिन्दुस्तान' के मुजफ्फरपुर संस्करण में समाचार छपा कि सरकार ने मुजफ्फरपुर के पास बेला में दो बीघा जमीन का अधिग्रहण करने का फैसला किया है। जमीन के मालिक को बाजार-दर से उचित मुआवजा दिया जाएगा। आने वाले दो साल में उस मशहूर फिल्म-अभिनेता की कंपनी वहाँ मॉल का निर्माण करेगी जिसमें एक ऐसा सिनेमाघर होगा जिसमें दर्शक एक साथ कई फिल्मों का आनंद ले सकेंगे।

समाचार चित्तरंजन बाबू ने भी पढ़ा। पहले तो उन्होंने इस समाचार पर कुछ ख़ास ध्यान नहीं दिया। दोपहर होते-होते जब कई लोग पूछने आने लगे—आपके जमीन का समाचार तो नहीं छपा है—तब उन्होंने भी समाचार ध्यान से पढ़ा। पत्नी ने कहा—हाथ पर हाथ धर कर बैठे रहिएगा तो क्या होगा? कलेक्टेरियट में एतना साल काम किए, बड़ा बाबू से रिटायर हुए। दौड़-भाग कीजिए। कुछ ले-दे के रुकवाइए। हनुमान जी सब ठीक कर देंगे...'

चित्तरंजन बाबू दौड़े भी, भागे भी। पटना तक गए। कोई फायदा नहीं। कलेक्टेरियट गए। कलेक्टर साहब के पी.ए. से मिले। पी.ए. साहब बोले—'ऑर्डर निकल चुका है। खैर मनाइए, मुआवजा अच्छा मिल रहा है। चार लाख पचहत्तर हजार रुपए बनेंगे। आप अपने आदमी हैं। कुछ दिन बाद आइए हफ्ता-दस दिन में भुगतान करवा देंगे। टेन परसेंट लगेगा।'

ऐसा लग रहा था चित्तरंजन बाबू को जैसे कोई सुन्दर सपना अपने अंतिम अंजाम पर पहुँचने ही वाला हो कि नींद उचट गई हो...इस जमीन के लिए उन्होंने क्या-क्या नहीं सहा, क्या-क्या नहीं सुना...गाँव का अपना हिस्सा

छोड़ा। राज बाबू तो दिल्ली में प्रॉपर्टी डीलरों से घर की बात भी कर रहे थे। मुआवजे के पैसे से क्या होने वाला था। बरसों जिस जमीन के भाव बढ़ने का इंतजार करते रहे, उसका ऐसा भाव बढ़ा कि रातोरात सब पराया हो गया...

गाँव में चित्तरंजन बाबू कम ही दिखाई देते। कोई मिलने आता, कुछ पूछता तो बड़बड़ाने लगते। कहते—'रुकवाइए ई जमीन पर मॉल-टाल निर्माण। पराछुत का शाप है। इस पर बाजार बना तो किसी को बरकत नहीं मिलेगी। सब खत्म हो ज़ाएगा। नंगई फैलेगी, आदमी आदमी को मारकर खाएगा। जब शहर भर में बाजार फैल जाएगा तब आप लोगों को समझ में आएगा। कोई कुछ नहीं कर पाएगा...लिख लीजिए...!

उस जमीन पर सब्जी उगाने वाले फेकु मंडल का कहना था—'जबसे बड़ा बाबू को सरकारी कागज मिला है सनक गए हैं। भोर बतियाने लगे हैं...कभी कहते हैं पराछुत के शाप से मुक्ति मिल गई...कभी कहते हैं पराछुत का शाप सारे शहर को ले डूबेगा तब बुझाएगा...'

गाँव के बड़े-बुजुर्ग मिलते-बैठते हैं तो चित्तरंजन बाबू की चर्चा चल पड़ती है। लोग कहते—चित्तरंजन बाबू को सदमा लगा है। इनके बाबूजी फाव में जमीन लिखवाए थे। देखिए, फाव में ही चला गया...

एक प्रेम कहानी का अनुवाद

फोन बंद करते ही नयनतारा को लगा जैसे वह गिर जाएगी। उसका सिर घूमने लगा। एक तो ऑफिस में प्रोजेक्ट समय पर पूरा करने का दबाव...ऊपर से माँ का फोन...माँ इस बात को क्या समझ पाएंगी ये मल्टीनेशनल तनख्वाह तो ऊँची देती हैं पर आपके काम के एक-एक मिनट का पूरा हिसाब भी रखना चाहती हैं...

उसकी माँ को कौन समझाए—जब मन में आता है फोन कर देती हैं। एक बार भी नहीं पूछतीं काम कैसा चल रहा है, नौकरी में कोई परेशानी तो नहीं होती, बॉस डाँटता तो नहीं...कभी नहीं पूछतीं। उलटे आजकल नयनतारा को लगने लगा है जैसे उसकी माँ किसी बात का उलाहना दे रही हों—'नयन बेटा, देखो लड़के की तरह पाला है तुमको...पापा से कोई भी मिलने आता है तो यही कहते हैं बेटे से भी बढ़कर मेरा नाम रोशन किया...हमारा और है कौन बेटा...ध्यान रखना...अच्छा बेटा...छुट्टी मिलते ही आना...पापा कह रहे थे कुछ जरूरी बात करना है...ठीक है...और कोई बात...'

और कोई बात—क्या कहती नयनतारा मम्मी फोन रख दो। रोज पाँच हजार शब्द अनुवाद का टार्गेट पूरा करना होता है। तब जाकर महीने भर में कंपनी का प्रोजेक्ट पूरा होगा। समय पर काम पूरा नहीं हुआ तो...कांट्रैक्ट की नौकरी का क्या भरोसा...अभी इससे जरूरी बात क्या हो सकती है उसके लिए। कॅरिअर का मतलब अच्छी तरह समझने लगी है। लेकिन माँ...क्या माँ-बाप अपने बच्चे को इसीलिए खूब पढ़ाते-लिखाते हैं कि एक दिन अपने बच्चों की बातें भी उनकी समझ में न आए...

अच्छी तरह समझती थी नयनतारा अपनी माँ की जरूरी बात...इसी बात से तो उसे चिढ़ होने लगी थी...इन आठ सालों में कितना संघर्ष किया है उसने। घर से दूर किराए के घर में लड़कियों के साथ अकेले रहना कैसा लगता है। यह तो वही जान सकता है जिसने ऐसा जीवन जिया हो—जिसको ऐसा जीवन जीना पड़ा हो। क्या इतनी परेशानी उठाकर भी अपने जीवन में कोई अप्रभावित रह

सकता है। वह अपने पैरों पर इसीलिए खड़ी हुई है कि उसकी माँ उसके जीवन के सभी जरूरी फैसले करती रहें...उसे उँगलियों पर नचाती रहें...कभी-कभी तो उसका मन करता है साफ-साफ बोल दे...

कितना गर्व करती थी अपनी माँ पर नयनतारा। खुद तो मैट्रिक से आगे पढ़ाई नहीं कर पाईं मगर दोनों बेटियों की पढ़ाई बेहतर से बेहतर हो सके इसका उन्होंने खूब खयाल रखा। मौका मिलने पर अक़्सर नयनतारा अपने दोस्तों, साथ काम करने वालों से कहती—सफलता का जज्बा मेरे अन्दर माँ ने कूट-कूटकर भरा...इधर साल भर से न जाने उनको क्या हो गया है...जब से वह इस अमेरिकी कंपनी में अनुवादिका नियुक्त हुई है...

माँ ने ही तो उसका दिल्ली में पढ़ने का सपना साकार किया था। पापा नहीं चाहते थे उनकी नयनतारा उनसे दूर जाए। कहते—पटना में एक से एक कॉलेज हैं यहीं पढ़ेगी। लेकिन पत्नी मालती देवी के तर्कों के सामने श्री गजेन्द्र चौधरी निरुत्तर हो गए। नयनतारा की माँ ने कहा—जमाना बदल रहा है। हमारी तो दो लड़कियाँ ही हैं। लोग तो अपने बेटों का कॅरिअर बनाते हैं हम बेटियों का बनाएंगे। वैसे भी आजकल अच्छे लड़के रिश्ते में दहेज तो अच्छा मांगते ही हैं साथ-साथ उनकी यह भी मांग होती है लड़की दिल्ली यूनिवर्सिटी की पढ़ी हो...एडवांस हो...अंग्रेजी फटाफट बोलती हो...

पटना सेक्रेटेरियट में अंडर सेक्रेट्री गजेंद्र चौधरी को यह बात तुरंत समझ में आ गई। छह साल पहले जब वे मुजफ्फरपुर में एसडीओ ऑफिस में काम करते थे तब वहाँ प्रोमोटी एसडीओ साहब आए थे रामजतन सिन्हा। खूब पैसा कमाए थे। इतना बड़ा परिवार मगर तीन साल बरतुहारी करने पर भी कोई अच्छा लड़का नहीं मिला। उनकी लड़की तो एम.ए. पास थी लेकिन दरभंगा के मिथिला विश्वविद्यालय से होम साइंस में। केवल पैसे के बूते उनको एक भी ऐसा लड़का नहीं मिला जो उनके रुतबे के मुताबिक हो। थक-हार उनको लड़की की शादी नेपाल के कोसी अंचल में बसे एक मधेशी परिवार में करनी पड़ी। लड़का काठमांडू में डॉक्टर था मगर सब यही कहते अपनी तरफ कोई अच्छा लड़का नहीं मिला तभी बेटी का ब्याह नेपाल में करना पड़ा...

नयनतारा के पापा को यह बात समझ में आ गई—घर में अगर अच्छा दामाद लाना है तो बेटी को दिल्ली में पढ़ाना चाहिए। मन ही मन भले सोचते रहे हों पहले बेटी की पढ़ाई का खर्च उठाओ फिर शादी में दहेज देने के लिए लाखों रुपए जुटाओ लेकिन एसडीओ साहब का किस्सा याद आते ही बेटी नयनतारा को दिल्ली में पढ़ाने के लिए तैयार हो गए श्री गजेंद्र चौधरी।

अब कभी-कभी दिन में अनुवाद का अपना टार्गेट पूरा कर लेने के बाद जब नयनतारा माल रोड के अपने अपार्टमेंट में लेटे-लेटे सोचने लगती तो उसे खुद यकीन नहीं होता था। सचमुच! कभी-कभी तो बिल्कुल नहीं। इन आठ सालों में उसकी दुनिया कितनी बदल चुकी है। नहीं बदला है तो उसका नाम—नयनतारा। वैसे कोई है जो उसे नैनी, तारा, नारा जैसे न जाने कितने नामों से बुलाने लगा है।

अच्छा लगता है उसको जब कोई उसे नयनतारा कहकर बुलाता है। चौधरी उपनाम उसने केवल प्रमाणपत्रों के लिए छोड़ दिए थे...अच्छा लगता था उसको सोचकर आठ सालों में उसने अपना नाम बनाया है—नयनतारा।

बड़ी मुश्किल से अपने लिए यह आजादी उसने अर्जित की है। बी.ए. के बाद जब उसने स्पेनिश भाषा में आगे पढ़ाई करने का फैसला किया था तो माँ ने कितना हाय-तौबा मचाया था। पापा ने भी एक हफ्ते तक उससे बातचीत नहीं की थी। माँ कहतीं—'तुम्हारे दिल्ली जाने से दो-तीन साल पहले ही सत्यनारायण ठाकुर की लड़की दिल्ली पढ़ने गई थी। इस साल आईएएस का इंटरव्यू दे रही है। हनुमानजी ने चाहा तो उसका हो भी जाएगा। तुम तो उससे पढ़ने में बहुत अच्छी हो। उसको तो कभी फर्स्ट क्लास भी नहीं आयी, तुम हमेशा फर्स्ट आती हो। मन लगाकर आईएएस की तैयारी करो। सब कहते हैं तुम्हारा एक बार में ही हो जाएगा। एक बार आईएएस हो गई तो घर-परिवार का कितना नाम होगा, सोचा है...'

नयनतारा एक बार जो तय कर लेती उससे पीछे नहीं हटती थी। उसकी माँ हमेशा पापा से शिकायत करती—आपके लाड़-प्यार ने ही उसे ऐसा बना दिया है। नयनतारा जब स्कूल में पढ़ती थी तो एक बार आधी रात के समय उसने बालूशाही खाने की जिद पकड़ ली। पापा गाड़ी लेकर निकले और स्टेशन से उसके लिए बालूशाही लेकर आए। नयनतारा के रिश्तेदार जब भी उसे याद करते उसकी जिद की इस कहानी को भी याद करते। साथ-साथ उसकी माँ को वे यह हिदायत देना भी नहीं भूलते कि ध्यान रखना दिल्ली में अकेली रहती है। बाप के लाड़-प्यार ने उसको ऐसा बिगाड़ दिया है कि कहीं वहाँ कुछ कर न बैठे...

जो लड़की दिल्ली पढ़ने जाती है वह घर-परिवार का नाम ही तो डुबाती है—गाँव के किसी शादी-त्योहार में नयनतारा के माँ-बाप जाते तो यही खुसुर-पुसुर रहती...

जब नयनतारा ने विदेशी भाषा पढ़ने और उसी में एम.ए. करके अपना कॅरिअर बनाने का फैसला किया तब तो आस-पड़ोस, नाते-रिश्तेदारी में तरह-तरह के चर्चे उसको लेकर चलते...जब नयनतारा की छोटी बहन का दाखिला धनबाद के

इंडियन स्कूल ऑफ माइंस में हुआ तो पापा ने शहर में अपने नए बने मकान में गाँव के सारे रिश्तेदारों को भोज पर बुलाया। गाँव के मुखिया बुलाकी बाबू ने यह कहते हुए आने से मना कर दिया कि आपकी बेटी विदेशियों की संगत में रहने लगी है। राष्ट्रभाषा छोड़कर विदेशी भाषा पढ़ना मैं राष्ट्रद्रोह के समान समझता हूँ...ऐसे राष्ट्रद्रोहियों के परिवार से मैं कोई संबंध नहीं रखना चाहता...

उसकी माँ जहाँ जाती लोग कहते कि विदेशी भाषा पढ़ने से आपकी बेटी विदेशियों के संग उठती-बैठती है। देखिएगा किसी विदेशी से ब्याह रचाकर स्पेन में न जा बसे। मालती देवी को इस बात का संतोष तो था कि बेटी ने एम.ए. किया। इतने साल से विदेशी कंपनी में काम कर रही है मगर किसी विदेशी दोस्त का नाम भी नहीं लेती। मगर...

कुछ सालों से मालती देवी के मन में अक़्सर इसी तरह अगर-मगर होने लगता है। नयनतारा स्कूल से लेकर बी.ए. तक प्रथम श्रेणी ही लाती रही। उसके परिवार में जिसको भी स्कूल-कॉलेज में प्रथम श्रेणी के अंक प्राप्त हुए वे या तो डॉक्टर-इंजीनियर बने या अफसर। मगर नयनतारा ने विदेशी भाषा में पढ़ाई की—विधना का विधान...विदेशी भाषा पढ़कर भी आईएएस की तैयारी कर सकती थी मगर उसने मल्टीनेशनल में नौकरी करना बेहतर समझा...इन बहुत से मगरों में सबसे नए मगर का संबंध मयंक नाम के उस व्यक्ति से था जिसे पिछले पाँच सालों से नयनतारा अपना सीनियर कहकर सबसे मिलवा रही थी...मल्टीनेशनल की दो साल की नौकरी ने भले उसके जीवन को पूरी तरह रूपाँतरित कर दिया हो मगर उसका सीनियर वही का वही था—मयंक।

दरअसल मयंक को लेकर नयनतारा की माँ की इस बढ़ती अगर-मगर का संबंध एक साल पहले घटी घटना से है। दिसंबर में उसकी कंपनी ने फैसला किया कि नयनतारा ने पिछले एक साल के दौरान काम करते हुए हमेशा अपना लक्ष्य समय पर पूरा किया, केवल एक बार दफ्तर देर से पहुँची वह भी तब जब तेज बारिश के कारण सड़कों पर पानी भर आया था इसलिए उसे कंपनी की ओर से रहने के लिए फ्लैट दिया जाना चाहिए। कंपनी ने उसे सूचित किया कि वह दस हजार रुपए तक का फ्लैट किराए पर ले सकती हैं। अगले ही महीने उसने दिल्ली विश्वविद्यालय कैंपस के पास माल अपार्टमेंट्स का यह साढ़े नौ हजार महीने पर किराए पर ले लिया। माँ उसको नए फ्लैट में शिफ्ट करवाने दिल्ली आईं। बहुत दिनों बाद दस-बारह दिनों तक मालती को अपनी बेटी के साथ अकेले रहने का मौका मिला और अपने पैरों पर खड़ी हो चुकी बेटी को करीब से जानने का मौका भी।...और मयंक को भी...

नयनतारा के पास समय तो होता नहीं था। सुबह उठते ही ऑफिस जाने की जल्दी...कहती एक मिनट की देरी होने पर भी मशीन अनुपस्थित दर्ज कर देती है। रात में आती तो सोने की जल्दी रहती। सुबह जल्दी उठना जो रहता था। माँ की मदद के लिए मयंक रहता था। वही ज्यादा समय माँ के साथ रहता। नयनतारा मयंक से कहती—सासू माँ की अच्छी तरह सेवा करना। माँ तुमसे खुश हो गईं समझ लो हमारी सारी मुश्किल हल हो गई।

मयंक के साथ रोज बाजार के चक्कर माँ ही लगाती। कहाँ अच्छा और सस्ता परदा मिलता है, कहाँ स्टील की अलमारी ऐसी बनती है जो गो की अलमारी से भी ज्यादा मजबूत होती है, बिजली का सामान कहाँ मिलता है, अच्छा सेकेंड हैंड फर्नीचर कहाँ मिलता है—मयंक को सब पता होता। इसीलिए माँ जब पहले भी दिल्ली आती थीं तो नयनतारा अपने सीनियर मयंक को ही उनकी सेवा में हाजिर कर देती...

दिल्ली के किस इलाके में कपड़े फैक्टरी रेट पर मिलते हैं, कहाँ होलसेल रेट पर मिलते हैं, किस दुकान में कस्टम का जब्त सामान मिलता है। नयनतारा की माँ को ऐसे बाजारों में घूमने, ऐसी चीजें खरीदने का बड़ा शौक था। एक बार माँ आईं तो उनके घुटने में बड़ा दर्द हो रहा था। मयंक ने उनका इलाज सराय काले खाँ के मशहूर वैद्य से करवा दिया। उस वैद्य के इलाज से बड़ा आराम मिला माँ को। वे जब भी दिल्ली आतीं मयंक उनके हर काम में हाजिर मिलता। नयनतारा के सीनियर मयंक को उसकी माँ भी पसंद करने लगी थी मगर बस सीनियर के रूप में। अक़्सर वे नयनतारा से कहतीं—जात के यादव हैं तो क्या स्वभाव के बड़े अच्छे हैं मयंक...

सालों पहले उसकी फ्लैटमेट अनीता ने जब मयंक से उसे मिलवाया था तब नयनतारा ने कहाँ सोचा था बात इतनी आगे बढ़ जाएगी। शायद इस तरह की बातें ऐसे ही आगे बढ़ जाती हैं—एक बार मयंक ने हँसते हुए कहा था। अपने आप दोनों इतने करीब आते चले गए कि न कुछ सोचने का मौका मिला न समझने का। सोचने-समझने वाले प्यार नहीं करते हैं—मयंक अक़्सर कहता।

सब कुछ अपने आप हो गया। एक बार दशहरे की छुट्टियों में अनीता सहित नयनतारा की सारी फ्लैटमेट घर चली गईं। नयनतारा स्पेनिश की पार्टटाइम क्लासेज के लिए रुक गई। स्पेनिश की इवनिंग क्लास के लिए वह भारतीय विद्या भवन जाती थी। एक बार वहाँ की कैंटीन में जाने उसने क्या खा लिया कि अक्टूबर की ऊमस भरी गर्मी में उसे उलटी होने लगी, दस्त की शिकायत

हो गई। कोई दवाई तक लाने वाला नहीं था। अनीता का मुँहबोला भाई मयंक अपनी बहन को ढूंढ़ता मलकागंज के उस फ्लैट में उस दिन नहीं आया होता तो शायद वह उसकी जिंदगी का आखिरी ही दिन साबित होता...

उस दिन मयंक ने नयनतारा को तीसरे माले के उसके फ्लैट से अपने कंधे पर लादकर नीचे उतारा। रिक्शे पर बिठाकर हिंदूराव अस्पताल ले गया। वहाँ उसके दूर के एक भइया जूनियर डॉक्टर थे। तीन दिन तीन रात तक मयंक अस्पताल में उसके लिए एक पैर पर खड़ा रहा। तीन दिनों बाद वह अपने पैरों पर खड़ी हो पाई। दिल्ली में रहते उसे कई साल हो चुके थे। उस बीमारी के दौरान नयनतारा ने पहली बार महसूस किया कि माँ-पापा से दूर, घर की सुरक्षा से दूर दिल्ली में अकेले रहना कितना मुश्किल हो जाता है...

उसी दौरान उसे पहली बार महसूस हुआ माँ-पापा से दूर दिल्ली में अकेले रहा जा सकता है। अगर अकेले न रही होती तो मयंक से उसकी मुलाकात कैसे होती? नयनतारा की बीमारी ने दोनों को इतने करीब ला दिया कि वे वर्तमान की नहीं भविष्य की बातें करने लगे। इस सबके बीच पहली बार उसके जीवन में इतनी बड़ी घटना हो गई और उसने माँ-पापा को फोन करके बताया भी नहीं। बीमार पड़ी, अस्पताल में तीन दिन तक रही और उसने माँ-पापा को बताया भी नहीं। ठीक होने के बाद करना तो चाहती थी फोन परन्तु मयंक ने ही मना कर दिया। कहा बेकार में सुनकर परेशान हो जाएंगे। भागे-भागे आ जाएंगे। वैसे भी अकेली रहती हो तो अकेले खड़ा होना सीखो। अपनी जिंदगी अपने कंधे पर उठाना...

अपने या तुम्हारे कंधों पर—नयनतारा ने शरारत भरे अंदाज में पूछा था।

सचमुच धीरे-धीरे मयंक उसकी जिंदगी की जरूरत बनता चला गया। हर मुश्किल का हल वह चुटकी बजाते निकाल लेता। स्पेनिश क्लासेज की वजह से कॉलेज में नयनतारा की अटेंडेंस कम हो गई उसे मेडिकल सर्टिफिकेट चाहिए। दिल्ली में वह कहाँ डॉक्टर ढूंढ़ती। मयंक डॉक्टर भी ढूंढ़ लेता सर्टिफिकेट भी बनवा देता। परीक्षा के समय कम पढ़ना पड़े इसके लिए इम्पार्टेंट गेस क्वेश्चन चाहिए। न जाने कहाँ से मयंक ऐसे सवालों की लिस्ट ले आता जो परीक्षा में शर्तिया आते।

नयनतारा को घर जाना होता। ट्रेन का रिजर्वेशन नहीं मिलता। न जाने किस कोटे में मयंक उसका रिजर्वेशन करवा देता। एक बार नयनतारा के मामा-मामी दिल्ली घूमने आए। पैसा ज्यादा लेकर आए नहीं थे मगर मसूरी जाने का प्लान

बना लिया। नयनतारा ने मयंक को बताया। मयंक ने अगले ही दिन आकर उसे बताया कि मसूरी में माल रोड पर उसके किसी दोस्त का बंगला है। वहाँ के केयरटेकर को उसने फोन कर दिया है। बस खाने-पीने का इंतजाम खुद करना होगा और चलते समय केयरटेकर को कुछ बख्शीश दे दें यही काफी होगा। नयनतारा सबको बताती उसके सीनियर मयंक में ऐसी खूबी है जो शायद ही किसी में हो। कोई परेशानी होते ही सबसे पहले वही कंधा आगे करता है...

'कहीं इसी तरह कंधा आगे करके भोली-भाली लड़कियों का दिल तो नहीं जीतते हो तुम'—एक बार नयनतारा ने मयंक को छेड़ा था।

'असल में मेरा दिल कंधे में ही है'—मयंक ने छूटते ही जवाब दिया था।

मयंक ने ही नयनतारा को समझाया था कि इतिहास में बी.ए. ऑनर्स करने के बाद इतिहास में एम.ए. करने का नयनतारा का इरादा तो ठीक है। लेकिन अगर वह स्पेनिश भाषा में एम.ए. करे तो एक शानदार कॅरिअर का दरवाजा उसके लिए खुल सकता है। रही बात आई.ए.एस. की परीक्षा की तो वह तब भी दी जा सकती है।

'तुम जानते नहीं मयंक, यह मेरे माँ-पापा का सपना है, उनकी बड़ी लड़की बड़ी अफसर बनकर घर आए। मुझे उनका सपना पूरा करना है', नयनतारा ने जवाब दिया था।

'मैं तो आईएएस की तैयारी कर ही रहा हूँ। वैसे भी दोनों को एक ही प्रोफेशन में नहीं रहना चाहिए'—मयंक ने जवाब दिया। 'आने वाले सालों में भारत में बी.पी.ओ. इंडस्ट्री का तेजी से विकास होगा। इस कारण विदेशी भाषा के जानकारों की बड़े पैमाने पर देश में मांग बढ़ेगी। फ्रेंच, जर्मन जैसी भाषाओं की पढ़ाई तो देश में अनेक स्थानों पर होती है मगर स्पेनिश भाषा की पढ़ाई अभी भी देश के दो-तीन शहरों तक ही सीमित है। स्पेनिश अमेरिका की दूसरी प्रमुख भाषा है। मेरी इस बात को नोट कर लो आने वाले सालों में स्पेनिश जानने वाले प्रोफेशनल्स की मांग बड़े पैमाने पर बढ़ने वाली है। पाँच अंकीय वेतन, विदेश यात्रा—सच कहता हूँ हमारी दुनिया बदल जाएगी'—मयंक ने इस तरह से कहा मानो इस विषय में भी उसने गहरा शोध कर रखा हो।

'मैं तो लड़का हूँ। वह भी माँ-बाप की इकलौती संतान। मैं यह रिस्क नहीं उठा सकता। जबकि मेरा मन हमेशा से फ्रेंच या स्पेनिश पढ़ने का रहा है। तुम लड़की हो। रिस्क उठा सकती हो। वैसे भी लड़कियों को यह फील्ड काफी सूट करता है', मयंक ने ऐसे कहा जैसे निर्णय सुना रहा हो।

'चलो ऐसा करते हैं हम अपने सपने बाँट लेते हैं। मैं स्पेनिश में दाखिला ले लेती हूँ। लेकिन तुम मन लगाकर आईएएस की तैयारी करो। मेरे माँ-पापा का सपना कुछ तो पूरा हो। बेटी आईएएस न बने तो न सही कम से कम दामाद तो उनका आईएएस बने। देखो मयंक, माँ-पापा ने मेरे लिए बहुत परेशानियाँ उठाई हैं। मैं उनको दुखी नहीं कर सकती। यादव लड़के को दामाद बनाने का उनका दुख शायद आईएएस दामाद पाने से कुछ कम हो जाए...' नयनतारा ने मयंक का निर्णय स्वीकार करते हुए अपना निर्णय सुनाया।

दोनों एक-दूसरे के सपने पूरे करने में लग गए। पढ़ने में मयंक बहुत अच्छा था। रिजल्ट भले उसके नयनतारा की तरह नहीं आते थे पर सब कहते दिमाग का इतना तेज है देखना एक दिन जरूर आईएएस बनेगा।

समय बीतता चला गया। एक दिन उनके रिश्ते में ऐसा मुकाम भी आएगा उन्होंने सोचा ही नहीं था। कम से कम नयनतारा ने तो नहीं...समय का पहिया तेजी से आगे बढ़ता जा रहा था सपने पीछे छूटते जा रहे थे। पाँच सालों में पहली बार नयनतारा जीवन के उस मुकाम पर पहुँच चुकी थी जहाँ कभी-कभी उसे यह भी सोचना पड़ता था कि अगर मयंक से उसकी शादी नहीं हुई तो...

इस खयाल से वह खुद घबड़ा जाती। इस बात को उससे अच्छी तरह कौन जानता था कि मयंक उसकी जिंदगी की सबसे बड़ी जरूरत बन चुका था। कई बार तो दिन में मयंक को वह केवल इसलिए दफ्तर से फोन करती थी कि उसे समझ में नहीं आ रहा है लंच में क्या ले? क्या हम सबसे ज्यादा प्यार उस आदमी से ही करते हैं जो हमारी जरूरतें सबसे अधिक पूरी करता है? हमारी जरूरतों को सबसे अधिक समझता है? क्या प्यार किसी एहसास का नाम नहीं महज कुछ इंसानी जरूरतों का नाम है—कभी-कभी नयनतारा के मन में इस तरह के खयाल आने लगते...

क्या करे वह? जिंदगी ही ऐसे मुकाम पर आ ठहरी थी। उसे याद आया कुछ साल पहले एक स्पेनिश उपन्यासकार के उपन्यास में उसने पढ़ा था—हर रिश्ते में एक दिन ऐसा आता है जब एक-दूसरे को देने के लिए कुछ नहीं बचता। सारे रहस्य खुल चुके होते हैं और यथार्थ सामने मुँह बाए खड़ा होता है। एक मशहूर शायर ने इसे रिश्ते का खूबसूरत मोड़ कहा है। ऐसे मोड़ पर ही अक़्सर साथ छूट जाया करते हैं...

तीन बार आईएएस की परीक्षा में बैठने के बाद भी मयंक का उसमें चयन नहीं हो सका। चयन होना तो दूर उसे तो इंटरव्यू का बुलावा भी नहीं आया। नयनतारा तो ऐसे अनेक लोगों को जानती थी जिनका तीन बार आईएएस में

चयन नहीं हुआ पर चौथी बार में उनको अप्रत्याशित सफलता मिली। अभी तो मयंक का एक प्रयास बाकी है। अगर चौथी बार...

नयनतारा को कभी-कभी खुद आश्चर्य होता कि वह इस तरह से सोच रही है। अपनी हर जिम्मेदारी उठाने वाले मयंक से वह तभी शादी करेगी जब वह आईएएस बन जाएगा। वह जानती है आईएएस में नहीं आ पाने वाले अनेक लोगों को जो बड़े पत्रकार बने, प्राध्यापक बने, मंत्री के सहायक बने। उसने खुद विदेशी भाषा पढ़कर इतना अच्छा कॅरिअर बनाया। मयंक तो इतना जानकार है। कुछ भी कर सकता है। आईएएस बन गया तो खुद उसे परेशानी होगी। मयंक से शादी करने के लिए हो सकता है उसे अपना यह चमकदार कॅरिअर छोड़ना पड़े...

इस बात को उससे बेहतर कौन समझ सकता था कि मयंक से बेहतर न कोई उसे जान सकता है न समझ सकता है। आखिर पूरी जिंदगी ऐसे किसी आदमी के साथ ही अच्छी कट सकती है न जो आपको अच्छी तरह जानता हो! समझता हो! लेकिन अगर मयंक आईएएस नहीं बन पाया तो माँ-पापा को वह क्या बताएगी यह सोचकर नयनतारा परेशान हो उठती।

इन दिनों उसके दिमाग में इस तरह के विचार अक़्सर उठने लगे थे। उसी तरह जिस तरह उसकी माँ के दिमाग में अगर-मगर बहुत उठने लगे थे। वैसे नयनतारा को इस बात का संतोष था कि मयंक चौथी बार आईएएस की परीक्षा दे रहा था। एक दिन जिद करके वह मयंक को बाबा खड्ग सिंह मार्ग पर बैठने वाले ज्योतिषी के पास भी ले गई। मयंक कहता रहा उसका इन सब चीजों में कोई विश्वास नहीं है लेकिन नयनतारा ने उसकी एक न सुनी। उस दिन ज्योतिषी ने जो बताया सुनकर नयनतारा को बड़ा संतोष हुआ। ज्योतिषी ने मयंक के विषय में बताया कि इनका देर से भाग्योदय होगा। देर से भाग्योदय होगा यानी चौथे प्रयास में आईएएस। नयनतारा ने ज्योतिषी की इस पहली भविष्यवाणी का यही अर्थ लगाया।

ज्योतिषी पंडित रामकिंकर शर्मा ने जो दूसरी बात बताई उसे सुनकर नयनतारा का जी जैसे कुछ और हल्का हो गया। उसने बताया कि बाधाएँ तो आएँगी पर इनका विवाह अपनी पसंद की कन्या से ही होगा। मयंक यादव है नयनतारा मैथिल ब्राह्मण। विवाह में बाधा तो आनी ही है। लेकिन मयंक अगर आईएएस बन गया तो कुछ संघर्ष के बाद यह बाधा भी दूर हो जाएगी—इस दूसरी भविष्यवाणी का नयनतारा ने यही अर्थ लगाया। ज्योतिषी को इक्यावन रुपए की दक्षिणा देकर लौटते समय जब नयनतारा ने मयंक को इन भविष्यवाणियों का मतलब समझाना चाहा तो उसने होंठ बिचका दिए।

इन दिनों बात-बात में मयंक का होंठ बिचकाकर गिलहरी की तरह आवाज़ निकालना बढ़ गया था। वह सबसे ज्यादा इसी बात से चिढ़ती थी। एकदम गंवारों की तरह करता था। जब भी किसी एम्बेसी या विदेशियों की पार्टी में मयंक को अपने साथ लेकर जाती तो इसी बात से डरी रहती कि कहीं वहाँ भी मयंक होंठ बिचकाकर गँवारों की तरह आवाज़ न निकालने लगे...

मयंक पहले से ही कुछ भावुक किस्म का इंसान था इधर कुछ और टची हो गया है ऐसा नयनतारा को कई बार महसूस हुआ। एक बार न जाने क्यों मयंक के सामने बातों-बातों में कह दिया या शायद उसके मुँह से यूँ ही निकल गया—'कल जब मैं एक मेक्सिकन उपन्यासकार के उपन्यास का अनुवाद कर रही थी तो उसकी एक पंक्ति मेरे दिमाग में अटक गई। उसने लिखा है कि लड़कियाँ प्यार भले बिना सोचे-समझे कर लेती हैं विवाह मगर वे बहुत सोच-समझकर करती हैं।

सुनते ही मयंक जैसे फट पड़ा—'जो कहना है साफ-साफ कहो। अनुवाद की भाषा में मुझ से क्यों बात करती हो?' कभी भाग्य वगैरह में विश्वास न रखने वाला मयंक उस दिन यह भी कहने लगा—'मेरी किस्मत तुम्हारी तरह नहीं है। जानता हूँ मेरा कॅरिअर अभी तक नहीं बना जबकि मेरी उम्र 28 साल हो चुकी है। अगर मुझसे अलग होना है तो साफ-साफ कह दो। जब किस्मत ही मेरे साथ दगा कर रही है तो किसी इंसान का क्या भरोसा?'

नयनतारा बार-बार कहती रही उसका ऐसा मतलब नहीं था। लेकिन मयंक अपनी ही रौ में बोलता जा रहा था। बोलते-बोलते गुस्से में उठकर चला भी गया। नयनतारा उसके जाने के बाद सोचती रही उसने खुद ऐसी बात क्यों कह दी कि छुट्टी का एक दिन बर्बाद हो गया। शनिवार-इतवार की छुट्टियों के दिन दोनों सारा दिन साथ बिताते। नयनतारा खुद सोचती इस तरह की बातें आजकल उसके मुँह से क्यों निकल जाती है? क्या उस मेक्सिकन लेखक ने सही लिखा था?

जब नयनतारा की माँ बेटी को नए फ्लैट में शिफ्ट करवाने आईं तब मयंक आईएएस के चौथे और आखिरी प्रयास के लिए तैयारी कर रहा था। अंदर-अंदर तो नयनतारा यही चाहती थी कि माँ के साथ अगर मयंक शिफ्ट करवाने, नये फ्लैट को ठीक-ठाक करवाने में साथ रहे तो सहूलियत रहेगी। ऊपर-ऊपर कहती रही दो महीने बाद तुम्हारी आईएएस की प्रारंभिक परीक्षा है तुम्हें तैयारी करनी चाहिए।

लेकिन उसने नयनतारा की एक न सुनी। वह खुद तो सुबह दफ्तर चली जाती माँ की सेवा में मयंक ही हाजिर रहता। वैसे इस बार मयंक के प्रति उनका

व्यवहार पहले जैसा नहीं रह गया था। कल तक जिस मयंक के तेज दिमाग से मालती देवी प्रभावित रहती थीं अब उसमें उन्हें खोट ही खोट दिखाई देने लगा था।

दिखाई भी क्यों नहीं देता। पहली बार बेटी की अनुपस्थिति में मयंक के साथ उनको अकेले समय बिताने का मौका मिला और उसे जानने का भी। उनको शक तो पहले भी था कि यह लड़का उनकी बेटी का केवल सीनियर नहीं है लेकिन अब विश्वास हो चला था। एक दिन गुजरात एम्पोरियम में परदे का कपड़ा पसंद करते-करते उसने कहा था आंटी यह नीला रंग ठीक रहेगा। यह रंग नयनतारा को बहुत पसंद है। मालती देवी को गुस्सा आ गया था। 'आपको कैसे पता मेरी बेटी को क्या पसंद है? बचपन से उसको मैंने पाला है'—कहते हुए मालती देवी ने पीले रंग का छींटवाला परदा खरीद लिया था। रात को जब बेटी ने भी कहा—'माँ! गुजरात एम्पोरियम में नीले रंग का परदा बहुत नेचुरल कलर का मिलता है। आपको वह नहीं मिला।'

सुनकर दंग रह गई थीं मालती देवी। छब्बीस साल की अपनी बेटी की पसंद तक वे नहीं जानतीं। जानता कोई ऐसा लड़का है जो एक तो जात का यादव है और अट्ठाईस साल की उम्र में भी बेरोजगार घूम रहा है। उनकी बेटी के सामने इसकी हैसियत ही क्या है। पहले तो वह नजरअंदाज करती थीं। सोचती दिल्ली में अकेली रहती है बेटी। अच्छा ही है कोई लड़का है जो उनकी बेटी के हर काम में हाजिर रहता है। सोचती समय आने पर उनकी समझदार बेटी समझ जाएगी। मगर...

माँ सोचती और अगर-मगर में पड़ जातीं। क्या उनकी बेटी भी...

नयनतारा ने महसूस किया मयंक और माँ के बीच एक अघोषित जंग चल रही थी। मयंक की तरफ से जंग थी या नहीं माँ की ओर से तो थी। जब भी बातचीत में मयंक का कोई प्रसंग आता माँ मुँह बनाने लगतीं। कभी कहतीं छोटी जात के लड़के से इतना मुँह क्यों लगती हो। ऐसे लोगों से बचकर ही रहा करो। नयनतारा माँ की बातों को नजरअंदाज कर देती...

लेकिन एक दिन तो नयनतारा की माँ ने हद ही कर दी। शाम को नयनतारा ऑफिस से जल्दी आ गयी थी। मयंक को उसने पहले ही फोन कर दिया था। वह भी आ गया। माँ को शायद आभास हो गया या क्या लगा उस दिन मयंक को उन्होंने समझाना शुरू कर दिया। कुछ इस तरह जैसे सफल समझे जाने वाले बच्चों के माँ-बाप असफल समझे जाने वाले बच्चों को समझाते हैं...

अचानक मयंक को उन्होंने कहना शुरू कर दिया कि आईएएस में नहीं हुआ तो कोई बात नहीं और भी सरकारी नौकरियाँ होती हैं उनके लिए प्रयास करना चाहिए। यह भी कहा कि उनको तो इतनी जानकारी है कपड़ों की, सामानों की—नौकरी का चक्कर छोड़कर पटना में दुकान खोल ले तो खूब चलेगी। कहने लगीं अब जल्दी से सेटल होकर उनको शादी कर लेनी चाहिए। अपनी बेटी की शादी तो अगले साल करने की सोच रही हैं। मयंक से उन्होंने कहा कोई ब्राह्मण लड़का आपकी नजर में हो तो बताइएगा...

मयंक टची तो हो ही चुका था। उस दिन शायद नयनतारा की माँ की बातें उसे बहुत बुरी लग गईं। उठकर वहाँ से चला गया...बिना कुछ बोले, बिना कुछ बताए...

बुरा उस दिन नयनतारा को भी बहुत लगा। पचीस साल की उम्र में उस दिन पहली बार उसने माँ के सामने जुबान खोली। माँ को उस रात उसने लंबा लेक्चर दिया—'आप कौन होती हैं किसी की जिंदगी में दखल देने वाली? उसे क्या करना है अच्छी तरह जानता है। आईएएस में नहीं आने से जीवन का अंत नहीं हो जाता। इंटेलिजेंट आदमी है। पीएच.डी. कर रहा है। यू.जी.सी. की फेलोशिप भी मिलती है। हो सकता है कुछ समय लग जाए डी.यू. में लेक्चरशिप तो रखी हुई है', नयनतारा धाराप्रवाह बोलती जा रही थी।

'और आपको शादी के बारे में बोलने की क्या जरूरत थी। अब आपने बात छेड़ी है तो एक बात कान खोलकर सुन लीजिए इस तरह मैं किसी से शादी नहीं करने वाली। इतनी पढ़ाई करने के बाद किसी से भी मैं शादी नहीं करने वाली। मैं भी देखूँगी कि वह मुझे कितना समझता है मेरे काम को कितना जानता है...समझीं।' कहते हुए नयनतारा किचेन में चाय बनाने चली गई।

चाय लेकर आई तो माँ की गोद में लेट गई। चुपचाप लेटी रही। माँ ने भी कुछ नहीं कहा। चाय पड़ी-पड़ी ठंडी होती रही...

सचमुच कहूँ तो उस रात से ही मालती देवी की अगर-मगर बढ़ती जा रही है। मन तो नहीं मानता लेकिन उनको लगने लगा है कि हो न हो नयनतारा इसी लड़के से शादी न कर ले। कह रही थी न ऐसे लड़के से शादी करूँगी जो मुझे जानता हो, समझता हो। कभी-कभी उनको लगता—नाते-रिश्तेदार, अड़ोसी-पड़ोसी ठीक ही कहते हैं जो लड़की दिल्ली पढ़ने जाती है माँ-बाप के मुँह पर कालिख पोत आती है।

क्या उनकी बेटी भी...

जब से पंजाब नेशनल बैंक के मैनेजर तारकेश्वर प्रसाद सिंह की बेटी श्वेता ने भागलपुर के मशहूर रामचंद्र सर्राफ के लड़के रूपेश से गुपचुप शादी कर ली तब से नयनतारा की माँ का डर और बढ़ गया है। सदमे से मैनेजर साहब को तो दिल का दौरा पड़ गया।

श्वेता से रूपेश का प्रेम बहुत पुराना था। तब श्वेता के पिताजी मैनेजर बनकर पटना नहीं आए थे। मुजफ्फरपुर में उनकी पोस्टिंग थी। इंटर पास करने के बाद श्वेता मेडिकल की कोचिंग करने पटना आकर रहने लगी। वहाँ रूपम नाम की लड़की से उसकी गहरी छनने लगी। रूपेश इसी रूपम का बड़ा भाई था। पटना के एक कॉलेज में उसने भी नाम लिखा रखा था मगर उसका ज्यादा समय पिता के साथ व्यापार के गुर सीखने में ही बीतता...

रूपेश अपनी छोटी बहन से मिलने सप्ताह में कम से कम एक बार जरूर आता निमकी, चूड़ा का भूजा, पिरुकिया आदि नाश्ते का सामान लेकर। वहीं श्वेता से उसकी मुलाकात हुई और न जाने कब दोनों ने साथ-साथ जीने साथ-साथ मरने की कसमें खा लीं। रूपम का मेडिकल में हो गया। श्वेता उसके भाई रूपेश की हो गई। उन दिनों श्वेता हर किताब हर कॉपी पर एक तसवीर बनाने लगी थी—दिल की तसवीर जो एक तीर से बिंधी होती थी। जीव विज्ञान प्रवेशिका की एक किताब के आखिरी पन्ने पर दिल और तीर के निशान के अलावा उन दोनों के प्रेम की एक और पहचान दर्ज थी। उस तसवीर के ऊपर अंग्रेजी का आर अक्षर लिखा था नीचे एस।

बाद में कहने वाले यह भी बताते कि श्वेता ने जिद करके दिल्ली विश्वविद्यालय में इसीलिए नामांकन करवाया ताकि रूपेश से उसका प्यार बेरोकटोक चलता रहे। सचमुच श्वेता के दिल्ली आने के बाद दोनों का प्यार और गहरा हुआ। दोनों को मिलने के अवसर भी खूब मिलने लगे। रामचंद्र सर्राफ के लड़के रूपेश के पास पैसे की कोई कमी तो थी नहीं। अक्सर मौका निकालकर दिल्ली आ जाता। पहाड़गंज के किसी होटल में ठहरता। सुनीता भी हडसन लाइन के अपने फ्लैट से गायब हो जाती। दोनों खूब घूमते-फिरते, मौज-मस्ती करते। तीन-चार दिनों में रूपेश वापस पटना-भागलपुर लौट जाता फिर-फिर आने के लिए।

श्वेता इधर बी.ए. फाइनल की परीक्षा की तैयारी में लगी थी उधर उसके माँ-बाप उसकी शादी तय करने में। उसकी माँ के दूर के संबंधी एक इंजीनियर साहब थे उनका इकलौता लड़का अमेरिका से मैनेजमेंट पढ़कर किसी बड़ी मल्टीनेशनल कंपनी में ऊँचे ओहदे पर काम कर रहा था। उन लोगों ने दिल्ली विश्वविद्यालय में पढ़ने वाली श्वेता में दिलचस्पी दिखाई थी...

उसके माता-पिता शादी की बातचीत में लगे थे उसी बीच श्वेता परीक्षा देकर छुट्टियों में घर आई। हमेशा की तरह वह चुपचाप बैठी रहती। या तो कोई किताब पढ़ती रहती या सोई रहती। एक दिन घर से बोलकर निकली साइबर कैफे जा रही हूँ ई-मेल चेक करने। कुछ घंटे बाद लौट भी आई। किसी को आभास तक नहीं हुआ। श्वेता ऐसी लड़की थी जिसके बारे में ऐसी-वैसी बात कोई सोच भी नहीं सकता था। नयनतारा की माँ का भी श्वेता के बारे में यही कहना था—अपनी बेटी के बारे में ऐसी-वैसी सुनकर तो मैं विश्वास भी कर सकती हूँ। श्वेता के बारे में नहीं। हमेशा किताब में सर झुकाए रहती है...

अगले दिन रात को डाइनिंग टेबल पर श्वेता अपनी माँ के साथ खाना खा रही थी। अचानक माँ की आँख श्वेता की उँगली में चमकती हीरे की बड़ी-सी अंगूठी पर पड़ी। इतनी बड़ी अंगूठी तो उन्होंने फोटो में, टी.वी. पर बड़ी-बड़ी हस्तियों की उँगलियों में ही देखी थी। उनकी बेटी की उँगली में?

कुछ देर तो श्वेता माँ की सवालिया निगाहों से बचने का प्रयास करती आँखें झुकाए चुपचाप खाती रही। कुछ देर बाद उसने नजरें उठाईं। माँ की आश्चर्यभरी आँखों में आँखें डालते हुए अपनी छवि के अनुरूप बड़ी गंभीरता से बोली—'माँ! मैंने रूपम के भइया रूपेश से आर्य समाज मंदिर में शादी कर ली है।' कहकर वह फिर गंभीरता से खाने लगी।

'उस सोनार से'—माँ के मुँह से इतना ही निकला। पापा ने सुना तो इस बात का उनके ऊपर ऐसा असर हुआ कि सुबह होते-होते उनको अस्पताल में भरती होना पड़ा। घर में रोना-धोना मचा, मार-फुटाई हुई, श्वेता को कमरे में बंद कर उसका खाना-पीना बंद कर दिया गया। मगर इस सबसे क्या होना था। जो नहीं होना चाहिए था हो चुका था...

मोहल्ले में तरह-तरह की चर्चा। कुछ दिल्ली विश्वविद्यालय की उस पढ़ाई को दोष देते जिसने इतनी सीधी-सादी लड़की का मत फेर दिया। कोई कहता एकदम गुम्मा निकली। इतना पढ़-लिखकर क्या किया एक अनपढ़ लोफर से शादी...वह भी छोटी जाति के लड़के से। और पढ़ाइए लड़की को दिल्ली में। यह लड़की ऐसा करेगी कोई सोच भी नहीं सकता था। सबकी जुबान पर यही बात थी।

नयनतारा की माँ की अगर-मगर मोहल्ले के श्वेता कांड के बाद और बढ़ गई। दिल्ली में दो साल तक नयनतारा श्वेता के साथ ही फ्लैट में रहती थी। श्वेता का तो नाम ही दिल्ली में उन्होंने इसलिए लिखवाया था क्योंकि वहाँ

मैनेजर साहब की बेटी श्वेता पढ़ती थी। उसी की संगत में रहने से नयनतारा का दिमाग बहका और वह उस यादव लड़के के जाल में फंस गई—कभी-कभी मालती देवी ऐसा सोचने लगतीं...

बेटी को फोन करने की उनकी रफ्तार तभी से बढ़ गई है। फोन करके शायद तसल्ली करती रहती हैं कि नयनतारा ने कुछ ऐसा-वैसा नहीं किया है। फोन करने के बाद वे निश्चिंत हो जातीं। सोचतीं उनके पति ठीक ही कहते हैं—हमारी बेटियाँ जो भी करेंगी बताकर करेंगी। ऐसा कुछ वे नहीं करने वाली...

ऑफिस से लौटकर नयनतारा फ्लैट का ताला खोलती। कमरे में जाकर बिस्तर पर धड़ाम से गिर जाती। दिन भर अनुवाद का काम खून सोख लेता है। ऊपर से माँ का फोन...सचमुच उसका सिर इतना चकरा रहा था कब नींद आ गई पता ही नहीं चला...

कभी-कभी तो उसे लगता रोज-रोज के इस तनाव से मुक्ति पाने का यही एक तरीका है कि श्वेता की तरह वह भी शादी कर ले। वह अपने बूते कुछ भी कर सकती है। वह अक़्सर मयंक से कहने भी लगी है फेलोशिप तुमको मिलती ही है, आईएएस की मुख्य परीक्षा दे रहे हो। चलो, शादी कर लेते हैं। क्या पता विवाह के बाद तुम्हारा भाग्योदय लिखा हो। कहता है एक बार कुछ बन जाऊँ नहीं तो तुम्हारी माँ कहेंगी बेटी ने छोटी जाति के असफल लड़के से शादी कर ली...

क्या प्यार का अंतिम निर्णय सफलता-असफलता के पैमाने पर होता है—वह अक़्सर सोचती। सोचती एक बार मयंक की आईएएस की परीक्षा का रिजल्ट आ जाए इस सवाल का हल तभी ढूंढ़ा जाए। अभी तो कुछ सूझता भी नहीं था। दिन भर अनुवाद करते-करते उसका दिमाग अनुवादमय होता जा रहा था। हालत यह हो गई थी कि कोई उसे कुछ कहता दिमाग तुरंत उसका स्पेनिश भाषा में अनुवाद कर देता। कोई उसे धन्यवाद कहता जवाब में वह ग्रासियास बोल उठती। कमबख़्त उसका दिमाग हर समय अनुवाद करने की ही सोचता रहता है...तो क्या प्रेम का अनुवाद विवाह होता है—नयनतारा ने सोचा और खुद ही इस सोच पर मुस्कराने लगी। क्या वह यह अनुवाद कर पाएगी...

अचानक उसकी नजर सामने दीवार पर टंगी घड़ी पर पड़ी। वह चौंक पड़ी। साढ़े नौ! तो क्या वह दो घंटे तक सोती रही। अचानक उसका ध्यान अपने मोबाइल फोन की ओर गया। बहुत देर से शांत था। उसे याद आया ऑफिस से चलते वक्त फोन को साइलेंट मोड में डालकर उसने जींस की सामने वाली

बायीं जेब में डाल लिया था। घर आई तो फोन को निकाला टेबल पर रख दिया। फोन को साइलेंट मोड से हटाना भूल गई। तभी फोन इतना शांत था। उठकर टेबल की ओर दौड़ी...

छह मिस्ड कॉल थे। मयंक के...प्रोजेक्ट पूरा करने का दबाव, माँ के फोन का अगर-मगर सबके बीच वह भूल ही गई थी आज आईएएस की मुख्य परीक्षा का रिजल्ट आने वाला था। मुख्य परीक्षा में आ गया तो इंटरव्यू में तो मयंक निकाल ही लेगा। नयनतारा को विश्वास था। लेकिन वह कैसे भूल गई थी आज मुख्य परीक्षा का रिजल्ट आने वाला है। क्या पता शायद भूले ही रहना चाहती हो...

छह मिस्ड कॉल तो क्या मयंक मुख्य परीक्षा में पास हो गया। तभी तो उसे बताने के लिए उसने छह-छह बार उसे फोन किया या...उसने मयंक का फोन मिलाना शुरू किया—स्विच्ड ऑफ। बार-बार यही संदेश। यह तो उसकी आदत बन गई है—नयनतारा ने सोचा—एक-दो बार फोन न उठाओ, ठीक से उसकी बातें न सुनो तो उसे लगने लगता है वह जीवन में असफल होता जा रहा है इसीलिए मैं भी उसकी उपेक्षा करने लगी हूँ। आखिर मैं भी तो सामाजिक मानकों पर सफल हूँ...

प्रेम का अनुवाद विवाह इतना सीधा और सरल नहीं होता—नयनतारा ने सोचा। उसे अपने काम पर फोकस करना चाहिए। अनुवाद का काम पूर्ण एकाग्रता की माँग करता है...

लेकिन मयंक ने फोन बंद क्यों कर लिया है? कहीं चौथी बार...उसे आशंका हुई। उसने फिर नंबर मिलाया—9891362063–स्विच्ड ऑफ।

कहानी पूरी होने तक हालात ऐसे ही बने हुए थे मयंक के रिजल्ट के बारे में नयनतारा को पता नहीं चल पाया था। अलबत्ता जिस समय कहानी पूरी हुई नयनतारा का मोबाइल बज रहा था...

शायद माँ का फोन था...

उस समय सचमुच उसका बात करने का मूड नहीं था। उसने फोन स्विच ऑफ किया। फ्रिज से खाने का सामान निकालने लगी गर्म करने के लिए। खाकर जल्दी सोना था। सुबह दफ्तर समय पर पहुँचना था। ठीक नौ बजे!

अनुवाद का प्रोजेक्ट समय पर पूरा करना बहुत जरूरी था।

अथ कथा ढेलमरवा गोसाईं

उस दिन सारे गाँव में हल्ला हो गया। जिधर देखिए उधर यही चर्चा थी गाँव के पुराने जमींदार स्व. कामेश्वर सिंह के पोते साजन के सपने में भगतजी आए थे। मुखियाजी के दरवाजे पर साजन बैठा था। गाँव के बड़े-बुजुर्ग एक-एक करके आते जा रहे थे। सबसे पहले उनको ही बताना उचित समझा साजन ने...मुखियाजी ने सबको खबर करने के लिए आदमी भेज दिया। जैसे-जैसे लोगों को पता चलता जा रहा था वे आते जा रहे थे। जो सुनता वही भागा-भागा आ रहा था।

बात ही ऐसी थी।

मत पूछिए! वही धुआ-धजा। माथे पर तिलक लगाए, हाथ में लाठी लिए—मुझे तो लगा साक्षात् आ गए हैं। कहने लगे अपने गाँव में ढेलमरवा गोसाईं का स्थान है। उनको पूजो, चढ़ौना चढ़ाओ। गाँव के दक्षिण पाकड़ के पेड़ के पास ढेलमरवा गोसाईं का मंदिर बनाओ। इसी में जितवारपुर का कल्याण है। कहकर उन्होंने एतना जोर से ढेला चलाया कि मैं नींद में बिस्तर से गिर पड़ा। अब कह नहीं सकता कि यह चोट बिस्तर से गिरने पर लगी या उनके ढेले से—अपने माथे में निकले गूमड़ को दिखाते हुए साजन वहाँ उपस्थित लोगों को बता रहा था।

बोलो ढेलमरवा गोसाईं की जय! सरपंच रामबरन मंडल ने उठकर जयकारा लगाया। चारों दिशाओं में यही आवाज़ गूंजने लगी—ढेलमरवा गोसाईं की जय! ढेलमरवा गोसाईं की जय! कामेश्वर बाबू के बड़े लड़के यानी साजन के पिता लक्ष्मेश्वर सिंह माहौल की गर्मी को भांपते हुए उठे और मुखियाजी के घर के बाहर उपस्थित भीड़ से मुखातिब होकर बोलने लगे—भगतजी जब तक जीवित रहे गाँव के कल्याण के बारे में ही सोचते रहे, जड़ी-बूटी से सबका इलाज करते रहे, वह भी बिना किसी स्वार्थ के। अरे ऊ आदमी नहीं देवता थे देवता। हम उनकी इस इच्छा को जरूर पूरा करेंगे। अपने गाँव में गोसाईं का ऐसा मंदिर बनेगा जैसा पटना में एक पुलिस अफसर ने महावीर मंदिर का निर्माण

करवाया था। आप सब लोगों के सामने इस शुभ काम के लिए आज शुक्लपक्ष एकादशी के दिन मैं...मैं...उन्होंने थोड़ा रुककर भीड़ को देखा, खंखारकर गला साफ किया फिर बोले, पचास हजार अपनी ओर से देने की घोषणा करता हूँ।

ढेलमरवा गोसाईं की जय! भीड़ ने उत्साह में फिर जयकारा लगाया।

उसी समय मुखियाजी ने मंदिर निर्माण समिति बनाने की घोषणा भी कर दी। उसके संयोजक बनाए गए बाबू लक्ष्मेश्वर सिंह। आखिर उन्होंने सबसे पहले पचास हजार का चंदा देने की घोषणा जो की थी। प्रसंगवश, उन्होंने चंदा दिया या नहीं इसके बारे में कहानी लिखे जाने तक पता नहीं चल पाया। भरी सभा में मुखियाजी ने मौजूद लोगों से यह विनती भी की पुण्य के इस काम में दिल खोलकर दान दीजिए। याद रखिए यह मंदिर नहीं अपने गाँव की प्रतिष्ठा का स्मारक बनने जा रहा है...एक दिन इसी मंदिर से अपने गाँव का नाम सारी दुनिया पहचानेगी...

लगातार दूसरी बार चुनाव जीतकर मुखिया बने श्री गिरधारी लाल शर्मा जैसे भविष्यवाणी कर रहे थे आने वाले उस दौर के बारे में जिसके बारे में न किसी ने कभी सोचा था न देखा था।

सब ढेलमरवा गोसाईं की महिमा है, जो भी जितवारपुर आता यही कहता आता यही कहता वापस चला जाता। खैर...यह सब बाद की बातें हैं...

पहले सब कुछ सामान्य था। देश के लाखों गाँवों की तरह नेपाल की सीमा पर बसे इस छोटे-से गाँव जितवारपुर को भी कोई नहीं जानता था। देश के विकास की जो तस्वीर पेश की जाती उसमें लाखों गाँवों की तरह इस गाँव का भी कोई जिक्र नहीं होता था।

इस सबकी शुरुआत भगतजी की दुर्घटनावश हुई मृत्यु से हुई। रामचरण दास उर्फ बंडा भगत उर्फ भगतजी की मृत्यु के बाद...उनको गुजरे अभी तीन महीने भी नहीं हुए थे कि जितवारपुर में कुछ-कुछ ऐसा होने लगा जिसके बाद वहाँ लोग जहाँ भी जुटते आपस में बात-बात में यही कहते सचमुच चमत्कार हो गया। वह भी ठीक उसी स्थान पर जहाँ एक दिन सवेरे-सवेरे नदी की ओर दिशा-मैदान करने जाने वालों ने, भैंस चराने वालों ने रामचरण जी...मेरा मतलब है भगतजी को औंधे मुँह पड़े देखा था। सड़क के किनारे पाकड़ के पेड़ के पास।

पास में ही लखनदेई नदी के किनारे छोटा-सा गाँव है रामपुर परोरी। उसी गाँव के रघुनाथ राय का लड़का जगन्नाथ साइकिल से जा रहा था इंटर का रिजल्ट देखने। आसपास के पाँच कोस में जितवारपुर ही एक गाँव है जहाँ पक्की

सड़क बनी जो जितवारपुर को एक ओर शहर से जोड़ती थी दूसरी ओर नेपाल से। इसलिए शहर जाने के लिए आसपास के गाँवों के लोग भी वही रास्ता पकड़ते थे। चोरी-छिपे नेपाल माल ले जाने वाले या वहाँ से माल लाने वाले भी रात के अंधेरे में वही रास्ता पकड़ते। जगन्नाथ ने भी वही रास्ता पकड़ा। पिछली बार फेल हो गया था, इसीलिए इस बार हनुमान-भक्त जगन्नाथ मंगलवार को रिजल्ट देखने जा रहा था। उम्मीद अपने से कम हनुमानजी से ज्यादा थी। नदी पार करके जब वह साइकिल से जितवारपुर के दक्षिणी छोर पर सड़क के किनारे खड़े उस पुराने पाकड़ के पेड़ के नीचे से गुजर रहा था कि ठीक पीछे से मिट्टी का एक ढेला आकर सिर पर लगा। वह तो गर्मी से बचने के लिए गमछे का मुंड़ेठा बांध रखा था इसलिए चोट अधिक नहीं आई।

नहीं तो ढेला इतनी तेज गति से आया था कि माथा दो फांक हो गया होता—बाद में उसने गाँव के लोगों को बताया।

पहले उसे लगा कोई भैंस चरवाहा बदमाशी कर रहा है। नदी के किनारे दोपहर के समय आसपास के कई गाँवों के भैंस चरवाहे नदी में भैंस को बोहियाने, नहीं समझे, नहलाने आते थे। भैंसों को पानी में छोड़कर वे या तो वहीं नदी किनारे कुश्ती खेलते या आसपास आम-लीची के बागानों में डोला-पाती। उसको लगा डोला-पाती खेलते चरवाहों में से किसी ने उसके साथ चउल किया है, खिलवाड़ी की है। साइकिल से उतरकर जब उसने इधर-उधर देखा तो सिवाय दोपहर के सन्नाटे के दूर-दूर तक कुछ और दिखाई नहीं दे रहा था। ध्यान आया रास्ते में नदी पार करते समय भी उसे भैंसें नहीं दिखाई दी थीं। हो सकता है एकाध रही हों पर उसकी नजर जल्दी-जल्दी नदी पार करने के चक्कर में उनके ऊपर न पड़ी हों। उसे कुछ भय हो आया। साइकिल से उतरकर उसने वहीं आँखें मूंदीं और हनुमान चालीसा का एक साँस में पाठ कर लिया। अदृश्य भगवान को प्रणाम किया और बिना पीछे देखे तेजी से पैडिल मारने लगा।

अगले मंगलवार सवेरे जब वह उस पेड़ के नीचे सिंदूर से पूजकर चढ़ौना चढ़ाने लगा तो आसपास गुजरते लोग कौतूहलवश खड़े हो गए। उनको कथावाचक की तरह जगन्नाथ ने जो बताया उसकी उसी दिन नहीं कई दिनों तक चर्चा होती रही।

सब कहते चमत्कार ही हो गया...

पिछले मंगलवार को जब इस पेड़ के नीचे मेरे सिर में ढेला लगा था उसके बाद तो समझिए चमत्कार ही हो गया। आप लोगों को क्या बताऊँ, तैयारी पूरी

होने के बावजूद इस बार भी इंटर की परीक्षा में अंग्रेजी के पेपर में 20 नंबर का क्वश्चन छूट गया था, पास होने का कोई उम्मीद फिर नहीं लग रहा था। लेकिन ढेला लगने के बाद जब मैं आँखें मूंदे जाप कर रहा था तो ऐसे लगा जैसे नाटे कद की एक छाया है जो मुझसे कह रही है कि जल्दी से जाओ फल तुम्हारी प्रतीक्षा में है। साइकिल से जब भागता हुआ मैं कॉलेज पहुंचा तो जैसे चमत्कार ही हो गया। मैं पास ही नहीं हुआ, सेकेंड डिवीजन से पास हुआ। तभी मैंने सोच लिया था यहाँ आकर 21 रुपए का पेड़ा चढ़ौना में चढ़ाऊंगा। कल ही महावीर स्थान के किशोरी साह से पेड़ा ले आया था। हो न हो ई ढेलमरवा गोसाईं का स्थान है, वहाँ खड़े लोगों को उसने प्रसाद देते हुए कहा। मुझे याद है दादी कहानी सुनाती थीं—कहकर जगन्नाथ ने कंधे से गमछा उतारा मुंड़ेठा बांधा और अपनी हीरो रॉयल साइकिल पर सवार हो गया।

गाँव के लोग चमत्कार की उस कथा को लेकर दो वर्गों में बंट गए—काशी साव की चाय-नाश्ते की दुकान पर जुटने वाला एक वर्ग जगन्नाथ की कथा में आए नाटे कद की छाया के कारण उसे रामचरणजी उर्फ बंडा भगत उर्फ भगतजी की काया से जोड़ता। काशी तो खुलेआम अपना फैसला सुनाता था—अरे और कोई नहीं अपने भगतजी हैं। जिंदगी भर जिंदगी भर बंडा बने रहे। ढेला की तरह गुडुक-गुडुककर जड़ी-बूटी पहचानते रहे। देखिए मर गए तो अब ढेला फेंक-फेंक कर सबको आशीर्वाद दे रहे हैं। जीवन में कब किसका बुरा चाहा था जो अब चाहेंगे। भूल गए! आखिर उसी जगह पर उस दिन सवेरे गाँव के भैंस चरवाहों ने उनकी लहास देखी थी।

दूसरा वर्ग जगन्नाथ की चमत्कार कथा में आए ढेलमरवा गोसाईं की कथा की याद दिलाता था। गाँव के बूढ़-पुरनिया मिलते-बैठते तो उस कहानी को याद करते जिसमें ढेलमरवा गोसाईं होते थे जो ढेले का ही चढ़ावा लेते थे, ढेले मारे जाने पर खुश होते और उनके स्थान पर जाने वाले ढेले का ही प्रसाद ले जाते थे। इस भूली हुई कहानी को याद करते हुए मनोरंजन बाबू कहते, किस्सा-कहानी में कोनो झूठ थोड़े होता है, देखिए आखिर इतने दिन बाद अपने गाँव में ही ढेलमरवा गोसाईं का स्थान निकला जिनके महातम की कथा हम बचपन से ही सुनते आए थे!

उस दिन के बाद से तो अक़्सर कुछ न कुछ ऐसा हो जाता कि लोगों को फिर-फिर कहना पड़ता चमत्कार हो गया...

एक दिन तो गजब ही हो गया। सवेरे-सवेरे जितवारपुर वालों ने देखा पाकड़ के पेड़ के नीचे उसी स्थान पर एक आदमी औंधे मुँह लेटा है। उसके

आसपास सामान बिखरा पड़ा है। शायद अलग से बताने की आवश्यकता नहीं होनी चाहिए कि उसके आसपास बड़े-बड़े ढेले भी बिखरे हुए थे—ऐसा लग रहा था कि किसी ने ढेलों से उसे इतना मारा कि वह बेहोश हुआ पड़ा है। थोड़ी देर में उसका रहस्य भी खुल गया। गाँव में हल्ला हुआ कि रात में पुरवारी टोले में लक्ष्मेश्वर सिंह के घर चोरी हो गई। जब उनके परिवार के लोगों ने वहाँ आकर देखा तो सामान पहचान गए और आगे की कहानी के सूत्र गाँव वालों ने जोड़ लिए।

लक्ष्मेश्वर सिंह के बेटे साजन ने खुद बताया कि बाकी सब समान तो है बस गहनों की एक पोटली नहीं मिल रही है। इससे एक कहानी तो यह बनी कि जब वह चोर भाग रहा होगा तो किसी ने उसको घेर लिया होगा। पिटाई करने के बाद जब सामान टटोला होगा तो गहनों की उस पोटली के अलावा कुछ भी काम का नहीं लगा होगा। जो वह अज्ञात लेके चला गया। वैसे, गाँव के बाबूसाहबों का पुराना हजाम केवल ठाकुर चटखारे ले-लेकर और ही कहानी सुनाता—अरे, इस चोर ने एक काम तो अच्छा किया इन हवेली वालों के घर की असलियत हमारे सामने उघाड़ दी। गहने वाली बात तो बाबूसाहेब इसलिए कर रहे हैं ताकि उनके बाप-दादों के नाम का थोड़ा-बहुत रोब तो गाँव वालों पर बना रहे। इनके पास टुटही हवेली के अलावा बच क्या गया है? जो बचा-खुचा था ढेलमरवा गोसाईं की कृपा से बच गया नहीं तो कुछ भी नहीं बचने वाला था।

वैसे केवल ठाकुर की इस चुटकी में कितनी सचाई थी, सचाई थी भी या नहीं यह तो भगवान जाने या ढेलमरवा गोसाईं लेकिन एक बात तो सच थी ही कि जितवारपुर गाँव में कभी जमींदार समझे जाने वाले बाबूसाहबों के पास अपने पुरखों के नाम, पुराने किस्सों के अलावा खंडहर होती जाती हवेली ही बच गई थी। कई तो खेत बेच-बाचकर शहरों में जा बसे थे। कुछ ही परिवार थे जो अब भी यहीं रह रहे थे। पुराने जमींदार कामेश्वर सिंह का परिवार भी उन्हीं में से एक था। उनके गुजरने के बाद उनका लड़का लक्ष्मेश्वर सिंह और पोता साजन सिंह रह गए थे।

बहरहाल, उस दिन जब साजन ने अपनी स्वप्न-कथा सुनाई तो शायद ही कोई ऐसा रहा हो उस गाँव में जिसके मन में ढेलमरवा गोसाईं की कहानी को लेकर किसी प्रकार का शुबहा रह गया हो। वैसे उसी दिन हरिजन टोले के फेकु दास ने शाम को काशी साव की दुकान पर जुटी मंडली के सामने कुछ बुदबुदाते हुए अंदाज में कहा था—कामेश्वर सिंह के परिवार ने पहले तो जीते जी भगतजी को ढेलमरवा बना दिया। मर गए तो अब ढेलमरवा गोसाईं बनाने

पर तुले हैं। लेकिन फेकु के भंगेड़ी होने की ख्याति ऐसी थी कि उसकी किसी बात को गाँव वालों ने न तो कभी गंभीरता से लिया था न इस बार लिया।

पुरानी कहानियां सुनाने वाले कहते कामेश्वर सिंह के पोते साजन और भगतजी के भाग्योदय का समय कुछ आसपास का ही था। राजमजदूर सुन्नर दास के लड़के रामचरण दास ने कब सोचा था कि एक दिन ऐसा आएगा उसकी जिंदगी में कि वह जिले के मालिक यानी कलेक्टर साहब का ख़ास अर्दली बन जाएगा। कहाँ तो बरसों से समाहरणालय में अलग-अलग विभागों में चपरासी के रूप में गुडुक रहा था। इतने सालों बाद भाग्य खुला भी तो ऐसा कि डी.एम. साहब का ख़ास अर्दली बन गया। कल तक जिले के हजारों चतुर्थवर्गीय कर्मचारियों की तरह गुमनाम रामचरण दास एक दिन ऐसे प्रसिद्ध हुआ कि जिले भर के लोग उसको न केवल पहचानने लगे रामचरणजी कहकर बुलाने भी लगे। गाँव में भी उसको रमचरणा कहने वाले अपने टोले में भी कम होते गए। उन्हीं दिनों उनका नाम भगतजी प्रकाश में आया। बंडा भगत नाम की चर्चा तो उसके बाद शायद ही सुनाई दी हो...

भगतजी के नाम से बड़ी पुरानी एक कहानी याद आ रही है। याद आ रही है तो क्या पता उसका कुछ गहरा संबंध अपनी कहानी वाले भगतजी से जुड़ता हो। क्या पता! आजकल तो विद्वान कहने लगे हैं हर चीज हर किसी दूसरी चीज से जुड़ी होती है...

कई बरस हो गए पास के ही पुरनहिया मठ में न जाने कहाँ से एक नौजवान आ गया। न नाम का पता न गाम का। पहले लोगों को संदेह हुआ। कहीं चोरी-डाका डालकर तो नहीं आ गया है, किसी का खून करके तो नहीं भागा है। लेकिन जल्दी ही गाँव में ही नहीं आसपास के इलाके में भी उनकी ख्याति भगतजी के रूप में बढ़ने लगी। डॉक्टर-अस्पताल विहीन इलाके में रहने वालों की हर बीमारी का उनके पास इलाज होता था किसी न किसी जड़ी के रूप में। तब आयुर्वेद इलाज पद्धति का प्रचलन उतना नहीं हुआ था न ही लोग उसकी विद्याओं से ख़ास परिचित थे। इसलिए जड़ी-बूटी से इलाज करने वालों को बड़ी ऊँची निगाह से देखा जाता था। उस नौजवान भगतजी की बड़ी महिमा हो गई थी उस इलाके में। लेकिन जड़ी वाले भगतजी अधिक दिन तक वहाँ टिके नहीं। वे जिस तरह बिना बताए अचानक आ गए थे उसी तरह बिना बताए एक दिन सवेरे उठकर दिशा-मैदान के लिए ऐसे निकले कि फिर उस गाँव उस मठ में कभी नहीं लौटे जहाँ वे दो वर्ष से भी अधिक समय से रहते आ रहे थे। पीछे छोड़ गए ढेरों कहानियां। देखिए आज इतने बरसों बाद मैं भी उनको याद कर रहा हूँ...

अगर रामचरणजी का नामकरण भगतजी हुआ तो उसका कारण गाँव वालों की स्मृतियों में बची उस गुमनाम भगत की छवि थी जिसके पास हर बीमारी के लिए कोई न कोई जड़ी होती थी। रामचरणजी भी दिन भर समाहरणालय में नौकरी करते बाकी समय जड़ी-बूटी में उलझे रहते। किसी को असाध्य घाव हो जाए अंकोए का दूध लगा देते और घाव ऐसे छूट जाता जैसे किसी ने जादू कर दिया हो, किसी को पेट में बाई उखड़ जाए तो न जाने किस पेड़ की छाल पीसकर खिला देते। उनके अपने नुस्खे थे, अपनी जड़ी-बूटियां थीं। हर बीमारी के लिए उनके पास एक ऐसी जड़ी होती थी जिससे उस बीमारी से छुट्टी मिले न मिले आराम मिल जाता था। जिन लोगों के पास शहर जाकर डॉक्टर को दिखाकर अंग्रेजी दवाई लेने के लिए पैसे नहीं होते वे उनकी मुफ्त सेवाओं का लाभ उठाकर संतोष कर लेते। ज्यादातर मरीज उनके अपने टोले के होते जो बदले में उनको दुआएं देते। लंबी उमर की दुआएं। वे बुढ़ाते जा रहे थे लेकिन अब भी लोग उनको एक से दो होने की दुआएं देते। कहते अब तो एक से दो हो जाओ या बंडा भगत ही बने रहने का इरादा है।

लोग चाहे बंडा भगत बुलाएं या भगतजी उनको किसी भी रूप में भगत नाम सुनना अच्छा लगता था। सुनकर वे सचमुच भूल जाते कि उनका जन्म जिस समाज में हुआ था उस जमाने में अपने आपको ऊँचा बताने के लिए कुछ लोग उस समाज के लोगों के हाथ का छुआ पानी भी नहीं पीते थे। गाँव में कुछ पुरनिया तो कानाफूसी में यह भी कहते कि पुरनहिया मठ वाले भगतजी ने ही इसको जाते-जाते अपनी विद्या का सत्त दे दिया था। वे आपसी बातचीत में एक दूसरे को यह याद दिलाना नहीं भूलते थे कि जिन दिनों वह भगत आया था उन दिनों डेली वेज पर रामचरण पुरनहिया हाईस्कूल में ही काम कर रहा था। उनका तो कहना था कि रामचरण की भगतजी के साथ खूब छनने लगी थी। इसलिए जाते-जाते उसने जड़ी-बूटियों की कुछ पहचान इनको भी करवा दी। वैसे इस बात का कोई आधार नहीं था न ही उनकी जड़ी-बूटियों के उतने अचूक होने की ख्याति थी। इसीलिए इस तरह की चर्चा कानाफूसी के चरण से आगे नहीं बढ़ पाई। इतना संयोग जरूर था कि पुरनहिया वाले भगतजी के जाने के बाद ही रामचरण दास नाम के उस चतुर्थवर्गीय कर्मचारी ने जड़ी-बूटी देकर लोगों का इलाज करना आरंभ किया और धीरे-धीरे भगतजी के नाम से बुलाया जाने लगा।

बड़ा अच्छा लगता था। रात में जब अकेले होते तो खुद को धीरे से भगतजी कहकर बुलाते यह देखने के लिए कि यह नाम सुनना अपने आपको कैसा लगता

है। मन प्रसन्न हो जाता था इस संबोधन को सुनकर। इसी खुशी में दिनभर की थकान, साहब लोगों की डांट सब भूल जाते थे और उनको नींद आ जाती। भगतजी! लोग कहते जड़ी-बूटी के इस चक्कर से क्या मिला। पिता की मृत्यु के बाद जड़ी-बूटी के चक्कर में ऐसा ओझराए कि एक से दो होने का खयाल ही नहीं आया। इसीलिए तो लोग पीठ पीछे जिले के डी.एम. साहब के अर्दली होने से पहले तक उनको बंडा भगत भी कहकर बुलाते थे। वैसे कभी-कभी अकेले में उनका मन भी होता था जब रात को डी.एम. कोठी से अपनी ड्यूटी पूरी करके लौटें तो कोई घर में हो जो उनसे कहे भगतजी आ गए! लेकिन वे जानते थे कि इन सब चीजों की उम्र अब बीतती जा रही थी। जब कोई इस प्रसंग को छेड़ता तो कहते बचपन में ही जड़ी-बूटी से बियाह कर लिया था। इतने साल से इसमें लगे हैं मगर अभी भी कितनी कम जड़ियों की पहचान कर पाए हैं। दुनिया में इतने रोग हैं और उनको ठीक करने वाली इतनी जड़ी-बूटियां! लेकिन अभी सारी बूटियों को वे कहाँ पहचान पाते हैं। अब तो इसी में उनको खुशी मिलती थी कि कोई भगतजी कहकर उनके इस काम को सम्मान दे जो चतुर्थवर्गीय कर्मचारी के रूप में उनको प्राप्त नहीं था।

कहते हैं न इंसान जो सोचता है जो चाहता है वह कम ही हो पाता है। अक़्सर उसके जीवन में वह हो जाता है जिसके बारे में उसने सोचा भी नहीं होता है। हरिजन कही जाने वाली एक जाति में पैदा होने वाले रामचरण दास ने कब सोचा होगा कि एक दिन बड़े-बड़े महात्माओं की तरह उनको भी लोग सचमुच भगतजी बुलाने लगेंगे। जड़ी-बूटियों से उपचार करते-करते उम्र बीतती जा रही थी। उनकी इस विद्या से लाभ तो सब उठाते थे लेकिन कोई उनको अधिक गंभीरता से नहीं लेता था। उनसे इलाज करवाने वालों के मन में इस बात का अफसोस बना रहता था कि पैसे के अभाव में वे अंग्रेजी इलाज नहीं करवा पा रहे हैं। जिनका यह अभाव दूर हो जाता वे फिर शहर के अस्पतालों-डॉक्टरों का ही रुख करते थे। आयुर्वेद चिकित्सा को लोग जानने तो लगे थे मगर उसकी लोकप्रियता का वह दौर अभी नहीं शुरू नहीं हुआ था जैसा आज है।

कहते हैं न भगवान जिसको देता है छप्पर फाड़कर देता है। रामचरण दास, चतुर्थवर्गीय कर्मचारी, सीतामढ़ी समाहरणालय के साथ यही हुआ। कम से कम उन दिनों उसके जानने वाले जो कहानी सुनाते थे उसके अनुसार तो ऐसा ही हुआ। इस किस्से का इतना आधार जरूर है कि उन दिनों उनकी ड्यूटी नए-नए पदस्थापित डी.एम. साहब की कोठी को ठीक-ठाक करने साफ-सफाई करने में

लगाई गई थी। एक दिन कुछ ऐसा हुआ कि सब कहने लगे आलोक रंजन प्रसाद जिले में डी.एम. बनकर क्या आए बंडा भगत की किस्मत ही बदल गई। सैकड़ों चतुर्थवर्गीय कर्मचारियों में से जब रामचरण दास का चुनाव उन्होंने अपने अर्दली के रूप में किया तो गाँव में भी लोग कहने लगे रमचरणा का भाग खुल गया। अनेक जलने वाले तो यह भी कहते डी.एम. ने अपने जात भाई को अर्दली बनाया तो इसमें आश्चर्य की क्या बात है।

ऐसे लोग कहाँ नहीं होते जिनको हर घटना के पीछे कोई न कोई कहानी दिखाई देती है। रामचरण दास के डी.एम. के ख़ास अर्दली बनने के पीछे की कहानी भी बताने वाले कुछ और ही बताते। कहानी सच हो झूठ हो या कहानी की तरह केवल कहानी लेकिन जीवन के उस दौर में भगतजी कहाने की उनकी साध अगर पूरी होती दिखाई देने लगी तो उसमें काफी कुछ हाथ इस कहानी का भी था। कहने वाले कहते कि असल में जड़ी-बूटियों के इस ज्ञान ने ही उनको जिलाधिकारी महोदय के इतने करीब ला दिया। कहानी सुनाने वाले बताते कि उस नौजवान जिलाधिकारी ने परीक्षा की तैयारी के दौरान रात-रात भर जागकर इतनी पढ़ाई की थी कि उनको अनिद्रा का रोग हो गया था। रात-रात भर नींद नहीं आती थी। कहते हैं नींद की कई गोलियां खाते तब जाकर किसी तरह दो-तीन घंटे की नींद आती। बड़े-बड़े डॉक्टर-वैद्य सब फेल हो गए।

घर की साफ-सफाई के दौरान वे अक़्सर देखते कलेक्टर साहब किसी डॉक्टर से इस बीमारी के बारे में पूछ रहे हैं या उनके ऑफिस में आया उनका कोई जानकार उनको किसी ऐसे वैद्य का पता दे रहा होता या होमियोपैथी के किसी ऐसे डॉक्टर के बारे में बता रहा होता जिसके पास हर असाध्य बीमारी का इलाज होता था। उन्होंने इस बात को अच्छी तरह समझ लिया कि साहब के लिए यह बीमारी बड़ी परेशानी बन चुकी है। एक दिन उसने हिम्मत करके साहब से कहा कि उसकी गुस्ताखी को क्षमा करें तो वह उनसे कुछ अर्ज करना चाहता है। साहब के गर्दन हिलाने पर उसने न जाने कौन-सी जड़ी देते हुए कहा कि अगर केवल चार खुराक इसकी खा लें बीमारी फिर भी दूर नहीं हुई तो वह इस नौकरी को छोड़कर खुद ही चला जाएगा।

साहब पर उसकी बातों का असर हुआ और दवा का भी। इस घटना ने उनकी अर्दली के रूप में प्रोन्नति ही नहीं करवाई भगतजी के रूप में उनकी ख्याति भी फैल गई। एक ऐसे भगतजी के रूप में जिसकी जड़ी खाकर जिले के कलेक्टर की असाध्य बीमारी भी ठीक हो गई। कहानी में सचाई थी या नहीं इसका कोई आधार तो नहीं मिला लेकिन इतना सच जरूर था कि एक दिन

कलेक्टर साहब ने उसको अचानक अर्दली बना लिया। वह भी अपने साथ-साथ गाड़ी में चलने वाला अर्दली।

डी.एम. साहब का अर्दली बनने के बाद उनका जीवन बदलने लगा। अब वे जितवारपुर के रामचरण दास नहीं रह गए थे जिसको कोई रमचरणा बुलाता, पीठ पीछे जिसे लोग बंडा भगत बुलाते। अचानक उनका उठना-बैठना जिले के बड़े-बड़े लोगों के दरवाजे पर होने लगा। साहब जहाँ भी जाते वह भी उनके साथ होते। गाँव-देहात के बड़े-बड़े लोगों के दरवाजे पर उनका भी आदर-सत्कार होता। बढ़िया खाने को मिलता। उनका जीवन बदलने लगा था। वे पहले वाले रामचरण नहीं रह गए थे। न अब वे पहले की तरह ऑफिस से लौटकर जड़ी-बूटी लेकर बैठते कि कोई आए जिसका इलाज करें, न काशी साव की दुकान पर बैठते जहाँ अधिक लोगों से बातचीत करनी पड़ती हो। सड़क पर भी वे सिर झुकाए चलते। उनकी इस गंभीरता का असर भी दिखाई देने लगा था। उन दिनों जब वे गाँव की सड़कों से गुजरते तो लोग उनको नमस्कार करने लगे थे। जिसका जवाब वे अपने साहब की तरह सिर झुकाए-झुकाए ही गर्दन हिलाकर देने लगे थे। कोई परणाम कहता तो जवाब में गर्दन हिलाते हुए कहते—परणाम! परणाम! और आगे अपनी दिशा में बढ़ जाते।

उन दिनों उनको सबके साथ उठने-बैठने का मन भी नहीं करता। उनका मन करता बड़े-बड़े लोगों के साथ बैठें। देश-समाज की बात करें। लेकिन इसमें एक समस्या यह थी कि गाँव में बड़ा कहाने वाले लोग जो थे वे या तो गाँव छोड़ चुके थे या उनके घर उनका आना-जाना नहीं था। जमाना भी बदल रहा था। जब समाहरणालय में चतुर्थवर्गीय कर्मचारी के रूप में उनका चयन हुआ था तब अपने गाँव में अपने समाज के वे पहले ही व्यक्ति थे जिसका चयन सरकारी मुलाजिम के रूप में हुआ। अब तो उनके अपने ही टोले के कम से कम तीन व्यक्ति अधिकारी हो गए थे। उनके जैसे छोटे-मोटे मुलाजिम तो कई थे। वे अपने समाज के अपने जैसे मुलाजिमों के साथ उठना-बैठना नहीं चाहते थे और अपने समाज के अफसर भी उनके साथ वैसा ही व्यवहार करते थे जैसा दूसरे अफसर। गाँव में एक लक्ष्मेश्वर सिंह का दरवाजा ही था जहाँ पहले भी कभी-कभार जाते थे। सामाजिक हैसियत के मुताबिक वही एक बड़े आदमी थे जिनके दरवाजे पर वे बिना बताए जा सकते थे।

अर्दली बनने के बाद एक दिन जब वे बाबू लक्ष्मेश्वर सिंह के दरवाजे पर पहुंच भी गए तो बाबूसाहब आरामकुर्सी डालकर धूपसिंकाई कर रहे थे। लगता है उनको रामचरण की इस तरक्की का पता चल चुका था। क्योंकि जैसे ही

रामचरण उनको यह सूचना देकर जमीन पर बिछी चटाई पर बैठने जा रहा था कि लक्ष्मेश्वर सिंह ने उनको टोक दिया—अरे रामचरण ओने नहीं एने कुर्सी पर बैठिए तो उनको सचमुच अपने कानों पर विश्वास नहीं हुआ।

विश्वास तो मुझे भी नहीं हुआ सुनकर। आखिर इतने बड़े जमींदार कामेश्वर सिंह का लड़का और एक अछोप को, हरिजन कहे जाने वाले जात के आदमी को वह भी अर्दली जैसे मामूली आदमी को अपने दरवाजे पर कुर्सी पर बैठने के लिए कहे...

यही तो बात है। जमाना सचमुच बहुत बदल चुका था। गाँव में कामेश्वर सिंह जैसे भूमिहार जमींदारों के किस्से ही किस्से बच गए थे। जमींदारों के परिवार में पट्टीदारी में जिनके बच्चे बाहर पढ़े-लिखे उनके बच्चों ने बाहर बसना ही बेहतर समझा और पीछे से उन बच्चों के माता-पिता भी वहीं जा बसे—दिल्ली-मुंबई-बंगलोर-हैदराबाद वगैरह-वगैरह...गाँव की बची-खुची जमीन या तो बेच चुके थे या बेचते जा रहे थे। कभी-कभार गाँव वालों को अपनी याद दिलाने छठ के परब पर आ जाते। पुराने लोगों के साथ बैठकर पुराने दिनों को याद करते, दो-चार दिन खेत-खलियानों में घूमते-टहलते। बच्चों की जिद को दोष देते और परब खतम होते ही चले जाते।

पुरवारी टोले के भूमिहार जमींदारों में एक कामेश्वर सिंह का परिवार ही बचा था जिसकी तीसरी पीढ़ी भी गाँव में ही रह गई थी। बाबू कामेश्वर सिंह के इकलौते लड़के लक्ष्मेश्वर सिंह कभी-कभार दालान में टंगे उस जमींदारी बांड को देखते जो सरकार की ओर से उनके पिताजी को मिली थी तो उनको इस बात की कसक जरूर होती कि उनका बेटा दिल्ली पढ़ने नहीं जा सका। कुछ तो पिताजी की बीमारी का दिल्ली-भेल्लोर में इलाज करवाने में जमीन खिसकी कुछ उनके मरने के बाद बरबरना भोज यानी बारहों वर्ण के लोगों के लिए भोज करने और बची-खुची तीन बेटियों की परिवार की प्रतिष्ठा के अनुरूप शादी करने के चक्कर में। उसके बाद एक तो अपने इकलौते बेटे को पढ़ने के लिए दिल्ली भेजने लायक उनकी हैसियत नहीं रह गई थी और दूसरे अपने चचेरे भाइयों की तरह लड़के को दिल्ली भेज पाने के बारे में सोचने का भी अवसर उनके लड़के साजन ने नहीं दिया। इंटर में तीन बार फेल होने के बाद उसने आगे परीक्षा देने से ऐसा इंकार किया कि उन्होंने भी अपने लड़के को आगे पढ़ाने के बारे में सोचना छोड़कर उसके लिए मुफीद रोजगार के बारे में सोचना शुरू कर दिया जिसके सहारे वह अपना आगे का जीवन इज्जत-प्रतिष्ठा से काट सके। अपनी तो कट ही चुकी थी चिंता बस बेटे की लगी रहती थी।

लेकिन बिना पूंजी के क्या रोजगार करवाएं इसका कोई उपाय नहीं सूझ रहा था। नाते-रिश्तेदारों में तो कई थे जो बड़े-बड़े शहरों में बड़े-बड़े पदों पर काम करते थे लेकिन उनके बारे में उनको खुद कुछ तभी पता चलता था जब कोई दूसरा आकर बताता था। किसी से जब कोई आस हो मदद तभी मांगी जा सकती है। यहाँ तो उनको यह डर लगा रहता कि अगर गलती से वे किसी रिश्तेदार के यहाँ पहुंच जाएं तो कहीं वह पहचाने ही ना। उससे भी बढ़कर यह बात भी थी किसी से नौकरी वगैरह में सिफारिश करने के लिए कहते भी तो किस मुँह से—लड़का बी.ए. पास भी नहीं था। पहले वाला जमाना तो था नहीं। आजकल तो बी.ए. कोई भी कर लेता है तो भी उसको नौकरी नहीं मिलती। ऐसे में ग्रेजुएट नहीं होना कितनी बड़ी मुश्किल है इस बात को वे समझते थे। सोचते कोई कलेक्टर के ऑफिस में या सहकारी बैंक में अपना होता तो सरकारी लोन मिल जाता और लड़का कोई रोजगार शुरू कर पाता। बहुत सोचने पर यही एक रास्ता सुझाई पड़ता था उनको—सरकार द्वारा बेरोजगारों को लोन दिए जाने की योजना में सरकारी लोन या सहकारी बैंक से लोन।

लेकिन अपने समाज का न कोई कलेक्टेरियट में था न ही किसी और सरकारी विभाग में कोई काम करता था कि किसी तरह की पैरवी करके कोई सरकारी लोन दिलवा पाता न ही उनका कोई अजीज बैंक में काम करता था। अपने कहाने वाले अपने समाज के जो भी थे वे तो अब दिल्ली, मुंबई, हैदराबाद जैसे शहरों में बहुराष्ट्रीय कंपनियों में काम करते जो उनके किसी काम नहीं आ सकते थे। गाँव में हरिजनों की बस्ती में कई लोग इधर जरूर सरकारी नौकरियों में आए थे लेकिन उनमें से वे किससे कहने जाते। कभी-कभार सुन्नर का बेटा रामचरण दास उनका हालचाल पूछने आ जाता था लेकिन वह किस काम का।

अब इसे महज संयोग कहा जाएगा या कथानक रूढ़ि सुन्नर दास के लड़के के बारे में उन्होंने सोचना शुरू किया और वह उनका हालचाल पूछने आ गया। आकर दूर से ही प्रणाम करने के बाद जब उसने लक्ष्मेश्वर बाबू को बताया कि उनके आशीर्वाद से कलेक्टर आलोक रंजन प्रसाद ने उनकी बहाली अपने साथ-साथ चलने वाले अर्दली के रूप में कर ली है। उसके अंतिम वाक्य में लक्ष्मेश्वर सिंह ने न जाने क्या भांप लिया था कि कुर्सी की तरफ इशारा करते हुए कहा उसे बैठने का इशारा कर दिया। इस वाक्य को सुनकर उनको न जाने कैसा अनुभव हुआ कि सुनने के बाद भी कुछ देर वैसे ही खड़े रह गए। जब बाबू लक्ष्मेश्वर सिंह ने अपना कथन दोहराया तब जाकर उनको पास ही रखी कुर्सी पर बैठने का ध्यान आया। शायद सोचने लगे हों कि इतनी साधारण-सी दिखाई देने वाली

काठ की इस कुर्सी पर बैठने में उनको कितना समय लग गया...शायद पचास वर्ष या कुछ पीढ़ियां...

जवाब में रामचरण ने बड़े लोगों जैसी विनम्रता के साथ कहा कि वह परंपरावादी आदमी है और अपने को आज भी उनके बराबर बैठने के काबिल नहीं समझता जिनके पिता के नाम से आज भी जितवारपुर गाँव को याद किया जाता है। जवाब में लक्ष्मेश्वर सिंह ने कहा कि जब जिला के सबसे बड़े हाकिम ने तुमको अपने साथ अपनी गाड़ी में बैठने लायक समझा है तो हम कौन हैं। वैसे भी न अब पहले वाला जमाना है न हमारे खयालात पुराने हैं। उस दिन लक्ष्मेश्वर सिंह के बगल में वे ऐसे बैठे कि उठने-बैठने का सिलसिला ही चल पड़ा। उस दिन लक्ष्मेश्वर बाबू काफी देर तक उनसे बातें करते रहे और थाहते भी रहे। जब भगतजी चलने लगे तो कहा जब भी छुट्टी मिले आ जाया करो इतना अकेला पड़ गया हूँ, कोई देखने भी नहीं आता। पिताजी ने गाँव में इतने लोगों को बसाया कोई खोज-खबर भी नहीं लेने आता। एक बस तुम ही हो बेटा जो आ जाते हो। अब इस गाँव में कोई अपना ही नहीं बचा। देखते-देखते सब पराए हो गए।

रामचरणजी जानते थे कि आज उनके अपने टोले में ही कई ऐसे परिवार हो गए थे जिनकी हैसियत लक्ष्मेश्वर सिंह जैसे जमींदार से अधिक थी। लेकिन दूसरी तरफ यह सचाई भी थी कि इतना सब कुछ होने के बाद भी जितवारपुर गाँव को लोग उसके पिता कामेश्वर सिंह के नाम से ही पहचानते थे। उस दिन की घटना ने उनको अभिभूत कर दिया या इतने बड़े जमींदार के दरवाजे पर बार-बार कुर्सी पर बैठकर साहबों की तरह चाय पीने का लोभ कह नहीं सकता लेकिन उस दिन के बाद से लक्ष्मेश्वर सिंह के दरवाजे पर उसका आना-जाना पहले से नियमित हो गया। उसे जब भी अपने जिम्मेदारी भरे काम से फुरसत मिलती वह बाबूसाहेब के दरवाजे आ जाता उनसे अपने सुख-दुख बांटने। आखिर वह अब बड़े लोगों के साथ उठने-बैठने लगा था। लक्ष्मेश्वर सिंह की आज जैसी भी हालत हो गई हो लेकिन समाज में कभी बड़े-बड़े लोगों के साथ उनके परिवार का उठना-बैठना था। बैठकी में फ्रेम करवाकर टंगा जमींदारी बांड अपने-आप में सारी कहानी कह देता था।

उधर लक्ष्मेश्वर बाबू से जब उसकी कुछ अंतरंगता बढ़ी तो एक दिन मौका देखकर उन्होंने रामचरण उर्फ भगतजी के सामने अपना दुखड़ा रोना शुरू कर दिया। कहने लगे तुमने अच्छा किया विवाह नहीं किया औलाद से ऐसा दुख तो नहीं भोगना पड़ता। एक बेटा है। तुमसे क्या छिपाना अब अपने समाज में कोई

हमारे दरवाजे का रुख भी नहीं करता। घर की हालत कैसी है तुमसे छिपी नहीं है। किसी तरह इज्जत बची हुई है।

रामचरण ने समझा शायद लक्ष्मेश्वरजी पैसे की मांग करेंगे। उसने तत्काल कहा, कोई रोजगार शुरू काहे नहीं करवा देते हैं। कहिएगा तो कुछ पैसे हम भी दे देंगे। ज्यादा तो है नहीं आपको पता है अभी पिछले ही साल सीतामढ़ी वाले रोड पर जमीन खरीदे थे। छप्पर डालकर एक खपरैल भी बनवाए थे। इस साल तो उसको पक्का भी करवा लिए हैं। हाथ तो टाइट है लेकिन बउआजी अगर कोई दुकान डाल लें नेपाली समान का तो खूब चलेगा। अरे तुम एतना सोचे यही बहुत है। आजकल दोसरा के बारे में कौन सोचता है। समय आएगा तो तुमसे ही कहेंगे और किससे कहेंगे। लेकिन अभी हम दूसरा बात कह रहे थे—लक्ष्मेश्वर बाबू ने माहौल को थोड़ा और रहस्यमय बनाते हुए कहा।

कौन बात? बताइए-बताइए! भगतजी की उत्सुकता बढ़ चुकी थी।

अरे तुमसे क्या कर्जा लें। तुम कलेक्टर साहब के एतना नजदीक रहते हो। तुमको तो पता ही होगा सरकार ने शिक्षित बेरोजगारों को रोजगार देने के खयाल से स्कीम शुरू किया है। सोच रहे हैं उसी में साजन से अप्लाई करवा दें। कर्जा मिल जाए तो कुछ और पैसा मिलाकर मारुति वैन खरीद देंगे। गाड़ी चलवाने में थोड़ा इज्जत-प्रतिष्ठा भी है कमाई भी अच्छा है। पढ़ा-लिखा तो नहीं लेकिन लोग कहते हैं गाड़ी खूब बढ़िया चलाने लगा है...अपने चलाने में शरमाएगा तो ड्राइवर रख लेगा। आजकल तो कम पैसा में ही ड्राइवर मिल जाता है। घरे-घरे लइका लोग ड्राइवरी सीख लिया है...बाकी गाड़ी का अच्छा जानकारी होने से कोई ठग नहीं पाएगा। नहीं तो आजकल ड्राइवर सब ही लूटकर खा जाता है।

ऊ तो आप ठीक कह रहे हैं लेकिन बउआजी तो बी.ए. पास भी नहीं हैं शिक्षित बेरोजगार वाला लोन तो बी.ए. पास लोगों के लिए है...बात काटते हुए भगतजी बोले।

वही तो तुमसे कह रहे थे रामचरण, लक्ष्मेश्वर बाबू ने खंखारते हुए कहा। कलेक्टर से अगर तुम किसी तरह कहकर लोन पास करवा दो तो बड़ी मेहरबानी होगी—कहकर उन्होंने भगतजी के सामने हाथ जोड़ दिए थे। बाद में इस घटना के एकमात्र प्रत्यक्षदर्शी ने लोगों को बताया। भगतजी के सामने गाँव के पुराने जमींदार का वारिस ऐसे हाथ जोड़कर विनती करे। उस दिन उनको अपने महत्त्व का पता चला। कहना तो चाहते थे चाहे जो हो जाए ई काम करवाकर ही रहेंगे, आप हाथ जोड़कर जो बोले हैं। लेकिन बड़े-बड़े साहबों की सेवा करते-करते

सरकारी भाषा का उनको भी अच्छा अभ्यास हो गया था इसलिए उनके मुँह से निकला, काम तो बहुत मुश्किल है लेकिन आप अप्लाई करवा दीजिए हम मौका देखकर साहब से बोलेंगे। करना न करना तो उनके हाथ में है।

तुम कहके तो देखो। बाकी तो सब भगवान के हाथ में है।

कहा नहीं जा सकता भगवान की कृपा थी या भगतजी की बात का असर। इधर साजन ने अप्लाई किया और दो महीने में लोन पास भी हो गया और पंद्रह दिन में दूरा पर नया मारुति वैन भी आ गया। कहानियां तो तरह-तरह की चलीं। कहते हैं कि भगतजी ने एक दिन सुबह जब कलेक्टर साहब को अकेले पाया और उनको गाना गुनगुनाते देखकर यह अनुमान भी लगाया कि साहब का मूड ठीक है तो डरते-डरते उसने साहब से साजन के लोन के बारे में कहा। लोग बताते भगतजी ने कलेक्टर के इतने नजदीक रहने के बावजूद उनको न उससे पहले किसी काम के लिए कहा था न उसके बाद ही कहा। कलेक्टर साहब सुनकर कुछ देर तो चुप रहे फिर कहा कल उसको बुला लेना।

लोन मिलने के बाद फेकु दास ने कहा था अरे ई भूमिहार के फेर में पड़ गए हैं भगतजी। जब इनको सोध लेगा तब पता चलेगा। लेकिन उसकी बात पर किसने कब ध्यान दिया था जो तब देते। साजन जरूर लोन मिलने के बाद अकेले में भगतजी को चाचा भी कहने लगा था। उसका वैन चलने लगा और लक्ष्मेश्वर सिंह के घर में भी थोड़ी बहुत समृद्धि वापस आने लगी। बरसों बाद उनकी उस टुटहा हवेली की मरम्मत भी हुई और पुताई भी। गाड़ी के आने के बाद उनके घर में समृद्धि भी मारुति वैन जैसी तेज गति से आ रही थी। कहने वालों का क्या इसी को लेकर कहानियां बनाने लगे। बीआरएफ 2939 गाड़ी पर सवार साजन सिंह कथानायक बनता जा रहा था उनके लिए। ऐसा कथानायक जो दिन में तो खादी झाड़कर अपने सफेद वैन में सवार होकर चलता। रास्ते में गुजरने वालों को वैसे ही हाथ उठाकर सलाम करता हुआ जैसे देश के बड़े-बड़े नेताओं को करते हुए टीवी पर देखता था।

लोग कहते दिन में तो वह बस ऐसे ही लोगों को दिखाने के लिए गाड़ी चलाता है। इतना शान से ही रहना था तो लोन लेकर गाड़ी क्यों खरीदा? कोई कहता उसकी गाड़ी का असल खेला तो रात में शुरू होता है। असल में तो उसकी गाड़ी रात में सिंडिकेट के लिए काम करती जो इस पार उस पार के व्यापार के लिए जानी जाती। रात होते ही गाड़ी में इस पार से तेल, नमक भरकर जाता जिनकी उन दिनों नेपाल में बड़ी कमी थी। उधर से लौटते तो गाड़ी में

गांजा भरकर जिसकी इस तरफ बड़ी मांग थी। सीमा के दोनों ओर रहने वाले लोगों की इसी कमी को पूरा करने के उद्‌देश्य से सीतामढ़ी रोटरी क्लब द्वारा वर्ष के सर्वश्रेष्ठ उद्यमी के रूप में दो बार सम्मानित महेश सिग्रीवाल ने सिंडिकेट का गठन किया था। अच्छी गाड़ी चलाने वाले और किसी भी परिस्थिति में साहसपूर्ण व्यवहार करने वाले सिंडिकेट के सामूहिक व्यापार का हिस्सा बन सकते थे। लोग कहते साजन सिंडिकेट का सबसे जुनरबी है—न किसी से डरने वाला न किसी की परवाह करने वाला।

तमाम कहानियों की तरह इस कहानी का भी कोई आधार तो नहीं था लेकिन साजन की बातचीत से अक़्सर लगता था कि वह इस तरह के काम कर सकता है इसीलिए उससे जुड़ी इस तरह की कहानियों को बल मिलता गया। अपने इंटर पास न कर पाने की बात वह बड़े गर्व से बताता था। कहता देश-विदेश के अनेक बड़े-बड़े नेता-अभिनेता इंटर पास नहीं कर पाए...और तो और दुनिया का सबसे अमीर व्यक्ति बिल गेट्स भी इंटर पास नहीं है। अब बहुत पढ़ने-लिखने से कुछ नहीं होता। असली बात यह है कि आपको दुनिया की कितनी समझ है। पैसे का युग है। जिसके पास जितना पैसा है उसी की ठाठ है। कोई नहीं पूछता पैसे कहाँ से आ रहा है। असल चीज है कि आपके पास पैसा होना चाहिए...गाँव के बड़े-बूढ़े उसकी बातों से प्रभावित होकर कहते पैसे के बारे में इसकी समझ इतनी साफ है कि एक दिन जरूर खूब पैसा बनाएगा। पिता लक्ष्मेश्वर सिंह को भी लगता था एक दिन उनका लड़का परिवार की खोई हुई प्रतिष्ठा वापस जरूर लाएगा...

इधर साजन की किस्मत मारुति वैन के सहारे दौड़ रही थी कि उसके मुँहबोले चाचा की गाड़ी फिर से गुमनामी की पटरी पर चल पड़ी। अचानक आलोक रंजन प्रसाद का तबादला हो गया और उसी के साथ भगतजी की प्रसिद्धि का दौर भी बीत गया और उस सम्मान का भी जो कलेक्टर के ख़ास अर्दली के रूप में उनको प्राप्त था। उनको समझ में आ गया था दुनिया में सब मतलब के लिए यारी करते हैं। जब आपके पास पावर रहता है तो सब सलाम करते हैं पावर खत्म सब खत्म। डी.एम. के अर्दली के रूप में जो पावर उनको मिला था खत्म हो गया। कारण नए कलेक्टर के अर्दली वे नहीं बन पाए। उनका तबादला फिर से किसी गुमनाम विभाग में हो गया और जिले के कई हजार चतुर्थवर्गीय कर्मचारियों की तरह वे भी एक बार फिर पहचानविहीन हो गए।

आसपास की दुनिया से ऐसा विराग उपजा कि अपनी नौकरी का बाकी समय जड़ी-बूटियों की खोज में लगाने लगे। इधर जबसे कलेक्टर को जड़ी

देनेवाली बात फैली थी भगतजी को लोग गंभीरता से लेने लगे थे। पहले उनकी इस विद्या का लाभ केवल कुछ गरीब वगैरह ही उठा पाते थे। लेकिन पिछले वर्षों में जबसे जड़ी-बूटियों की यह विद्या आयुर्वेद के रूप में पुनर्जीवित होने लगी थी पढ़े-लिखे लोगों की दिलचस्पी भी इसमें बढ़ी थी।

ऐसे लोग भी भगतजी से असाध्य बीमारियों की जड़ी जानने आते तो उनको लगे हाथ यह सलाह भी दे देते उनको अपनी जड़ी-बूटियों वाली दवाओं को तैयार करके बाजार में बेचना चाहिए। उनमें से कई उनको किस्से सुनाते कि किस तरह हजारों कंपनियां देश में ऐसी दवाएं बनाकर बेच रही हैं। इनकी मांग लगातार बढ़ती जा रही है। वे उनको सलाह देते कि जिस तरह की जड़ी-बूटियां वे देते हैं ऐसी कोई नहीं देता। शर्तिया उनका नुस्खा लोकप्रिय होगा।

ऐसा नहीं था कि भगतजी से सबने मुँह फेर लिया हो। उनको चाचा कहने वाले साजन ने उनसे उसी तरह संबंध बनाए रखा। उसके पिता लक्ष्मेश्वर सिंह से मिलने जाते भगतजी तो साजन भी उनके पास बैठ जाता। रास्ते में कहीं पैदल आता देखता और अगर वह गाड़ी से होता तो गाड़ी रोककर साजन भगतजी को भी बिठा लेता। साजन के बारे में कहा जाता कि वह पैसे कमाने का कोई भी नुस्खा हाथ से नहीं जाने देता। उसके दिमाग में भी भगतजी के आयुर्वेदिक नुस्खों को लेकर कुछ न कुछ चल रहा होगा क्योंकि उसने भी अपने मुँहबोले चाचा को अकेले में यह सलाह देना शुरू कर दिया था आपके पास ई जो जड़ी-बूटी का ज्ञान है न समझिए अनमोल रतन है। आप आज तक अपने जड़ी का भेद किसी को नहीं देते हैं लेकिन जानते हैं इसको बांटिएगा तो समाज का केतना भला होगा। ई कभी सोचे हैं। अरे हमरा मानिए तो अपना सारा जड़ी के बारे में नुस्खा के साथ लिख दीजिए। हम किताब छपवा देंगे। आपको तो साले साल पैसा मिलेगा ही किताब की बिक्री होगी तो समझिए जो पढ़ेगा उसी का भला होगा। साजन सिंह अकेले में अक़्सर उनके कान में यह सलाह डाल देता और वह मौन सोचते रह जाते। भगतजी भले मौन रह जाते हों लेकिन भतीजे ने अपनी तरफ से कहना नहीं छोड़ा।

पैसे कमाने के नए-नए तरीकों पर नजर रखने वाला साजन अच्छी तरह जानता था कि जड़ी-बूटी की इस विद्या पर आधारित आयुर्वेदिक दवाइयों का कारोबार कितना फल-फूल रहा है। देश-विदेश में इसकी कितनी मांग है। वह खुद अपनी गाड़ी से नेपाल में मिलने वाली एक दुर्लभ जड़ी की खेप चोरी-छिपे एक मल्टीनेशनल कही जाने वाली कंपनी के लिए लाता था जो ताकत की दवा बनाने के लिए उसका इस्तेमाल करती थी। चोरी-छिपे और बड़ी सफाई से

उनका काम करने के कारण कंपनी के बड़े लोगों से उसका अच्छा परिचय था। उनसे वह आयुर्वेद के बारे में पूछता-समझता रहता था।

भतीजे ने चाचा को इस तरह से घेरा कि अंत में वह अपनी गुप्त जड़ियों और उनके नुस्खों के बारे में साजन को लिखाने के लिए तैयार हो गए। एक शर्त पर कि जब किताब छपे तो उसकी कीमत इतनी कम हो कि गरीब आदमी भी उसे अपनी कमाई से खरीद सके। सीतामढ़ी में अपने गाड़ी के काम के लिए जो अपना ऑफिस साजन ने बना रखा था उसी में चाचा-भतीजा मंडली बैठने लगी। ऑफिस से छूटते ही वे साजन के ऑफिस आ जाते अगर साजन फुर्सत में होता तो किताब लिखवाना शुरू कर देते। कहते मेरा तो आगे नाथ न पीछे पगहा लेकिन यह किताब रहेगी तो लोग इसी से याद रखेंगे। कभी पूछते किताब में फोटो भी छपेगा? जब साजन जवाब में हाँ कहता तो फिर पूछते फोटो रंगीन छपेगा या ब्लैक एंड व्हाइट। साजन कहता प्रकाशन कंपनी की तरफ से फोटो खींचने वाले आएंगे। विदेशी कैमरा से फोटो खींचेंगे। सुन-सुनकर मन ही मन खुश होते और अपने सारे नुस्खे लिखवाते जाते।

इधर किताब पूरी हो रही थी उधर एक और प्रसंग इस बीच बार-बार उभर रहा था। मुँहबोले चाचा ने भतीजे के लोन के लिए जब डी.एम. साहब से कहा तब आप लोगों को याद होगा कि डी.एम. ने कहा था कल बुला लेना। अगले दिन जब साजन को लेकर वह पहुंचा तो डी.एम. ने कहा कि एक जिम्मेदार गारंटर ले आओ अभी के अभी लोन दिलवा देते हैं। साजन ने छूटते ही कहा चाचाजी यहाँ हैं ही किसी और को ढूंढ़ने जाऊंगा और समय लग जाएगा। भतीजे के मुँहबोले चाचा ने जो भरोसा उस दिन उसके ऊपर दिखाया था वही अब इस बुढ़ापे में उन पर भारी पड़ता जा रहा था। कारण तो आप समझ ही गए होंगे। जी, साजन ने लोन नहीं चुकाया।

पहले भी तकाजे साजन के पास आते रहे खुद भगतजी ने भी कई बार उससे कहा। वह टाल जाता। कभी कहता किस्त ही तो नहीं चुका रहा हूँ। एक बार में ही सारा दे दूंगा। लेकिन नए डी.एम. ने सारे पुराने कर्ज की उगाही के उद्देश्य से यह आदेश जारी कर दिया लोन अगर कर्जदार न दे वापस न करे तो उसके गारंटर से वसूला जाए। लोग भी ऑफिस में उसे समझाते कि अब तो ऐसा कानून बन गया है कि अगर लोन नहीं चुकाए तो सरकार गारंटर से पूरा वसूलती है, उसे भी जेल जाना पड़ता है। कोई बताता कि अगर गारंटर सरकारी नौकरी में हो तो सरकार उसकी पेंशन वगैरह भी रोक लेती है। वह परेशान था। कई बार साजन से उसने कहा भी था। गुस्से में किताब का काम भी बीच में छोड़ दिया

था। उनको भरोसा था कि साजन उसके साथ धोखा नहीं करेगा। इस तरह उस पर दबाव बनाएंगे तो जल्दी ही सरकार का कर्जा लौटा देगा।

किताब का काम छोड़ दिया तो साजन से मिलना भी बंद हो गया। लेकिन उनको भरोसा था अपने ईश्वर पर, भगत बनकर इतने दिनों से गरीबों की सेवा कर रहे थे। उनके साथ तो भगवान बुरा नहीं ही होने देंगे। विश्वास तो था लेकिन चारों ओर लोग तरह-तरह की बातें कर रहे थे। जमाना कितना बदल गया था इस बात को वे नहीं समझ पाए। वे नहीं समझ पाए कि ऐसा समय आ चुका है कि कोई भी पैसे के लिए कुछ भी कर सकता है। कौन कब दगा दे जाए कहा नहीं जा सकता...किसके मन में चोर बसा हो कहा नहीं जा सकता...

जिन दिनों सरकारी लोन वाला प्रकरण गाँव में चर्चा का विषय बना हुआ था और किसी मनचले का बनाया यह तुक्तक आपसी बातचीत में दोहराया जा रहा था—*हम कहनी चरना साले से, मत कर यारी भूमिहारे से*...उन्हीं दिनों भगतजी को इस बात का पहला संकेत मिला—शायद साजन वैसा नहीं है जैसा वे समझते आए थे। इसका पहला संकेत उनको अपने एक मरीज के माध्यम से मिला। पहले मैंने बताया था कि जबसे आयुर्वेद का प्रचलन बढ़ा था भारत-नेपाल के आसपास के शहरों के कुछ लोग भी उनसे कब्ज, बवासीर आदि की जड़ी लेने आते रहते। ऐसे ही उनके एक मुरीद थे सीतामढ़ी के कोर्ट बाजार स्थित सेंट्रल बैंक में कैशियर रघुनाथ राज। उन्होंने एक दिन बताया जैसी जड़ी-बूटी की दवा वे देते हैं वैसी ही दवा पिछले सप्ताह जब वे दिल्ली गए थे तो देखा आयुर्वेदिक दवाओं की दुकान में बिक रही थी। किसी मल्टीनेशनल कंपनी की बनाई हुई थी—हर्बल इंटरनेशनल नाम था कंपनी का। मैंने ली नहीं उससे तो अच्छी दवा तो आपकी होती ही है। ये विदेशी कंपनियां कुछ नहीं कर रही हैं देशी नुस्खों पर अपना लेबल चिपकाकर महंगे दामों में बेच रही हैं। बस आगे की बातचीत पर उनका ध्यान नहीं टिका। उनके ध्यान में तो एक ही नाम अटक गया—हर्बल इंटरनेशनल। उनको याद आया अक़्सर बातचीत में साजन इसी कंपनी का नाम लेता था। एक बार उसने बताया भी था कि नेपाल से वह इस कंपनी के लिए एक दुर्लभ जड़ी अपनी गाड़ी में लेकर आता है। उसने भगतजी को बताया था कि वह उस कंपनी के कुछ बड़े अफसरों को जानता है। वह उनको भी नुस्खा दिखाएगा भगतजी का। अगर वे तैयार हो गए तो उनकी दवाएं दुनिया भर में बिकेंगी और उनको मुनाफे में हिस्सा भी मिलेगा...तो क्या...

रात तो नहीं हुई थी शाम का अंधेरा गहरा गया था। आम तौर पर यह समय शहर गए लोगों के गाँव लौटने का होता। वे उसी समय शहर की ओर निकल

पड़े। घर में कोई तो था नहीं कि बताकर जाते कि कहाँ जा रहे हैं। वह तो चौक पर कुछ लोगों ने उनको जाते हुए देख लिया नहीं तो कोई जान भी नहीं पाता कि वे कहाँ गए। कहाँ से आए। आगे की कथा का यही सूत्र बना कि वे सीतामढ़ी की ओर गए थे। दो दिनों तक उनको किसी ने नहीं देखा। दो दिनों बाद वे जिस अवस्था में दिखे उसके बारे में तो किसी ने कुछ सोचा भी नहीं था। बहरहाल, उन दो दिनों को लेकर भी कई कहानियां चलीं। लेकिन जो कहानी अधिक प्रचलित हुई इस कहानी में मैं भी उसी के माध्यम से उनके जीवन के उन दो गायब दिनों के सूत्र जोड़ूंगा।

सुनाने वाले ऐसे सुनाते जैसे सब कुछ उनकी नजरों के सामने घटित हुआ हो। उस रात जब वे मेन रोड स्थित अपने घर से निकलकर शहर की ओर गए तो कहते हैं सीधा साजन के ऑफिस गए जहाँ उसने ऊपर एक कमरा बनवा लिया था और उसी में रहने भी लगा था। उनका मन भरा हुआ था। पहले लोन वाली बात अब यह दवा वाली बात। उस दिन सब कुछ साफ-साफ करने के इरादे से निकले थे। करीब घंटे भर की पैदल यात्रा के बाद जब वे उसके ऑफिस वाले स्थान पर पहुंचे तो वहाँ उन्होंने जो नजारा देखा उससे दंग रह गए। वहाँ चारों तरफ गांजे की गंध भरी हुई थी और उसके वैन से छोटे-छोटे बोरे उतर रहे थे। जड़ी-बूटियों के इतने बड़े जानकार से यह बात नहीं छिप पाई कि उन बोरों में क्या भरा था। वे सीधा साजन के पास पहुंचे और उससे सख्त आवाज़ में बात करने लगे। उससे उन्होंने साफ-साफ कह दिया कि उसको गारंटर बनाकर जो लोन उन्होंने लिया है उसको जल्दी से चुकाए नहीं तो वे उसका यह राज हाकिमों के सामने फाश कर देंगे। यही नहीं उस दिन उन्होंने उससे कड़ककर अपने नुस्खों पर विदेशी कंपनी द्वारा बनाई जा रही दवाओं के बारे में भी पूछना शुरू कर दिया।

जवाब में साजन ने कुछ नहीं कहा। चुपचाप मुस्कराता सुनता रहा। कहता रहा, चाचा आइए इतमीनान से बात करते हैं यहाँ स्टाफ लोग है। उसके बाद चाचा को लेकर वहाँ से चला गया। कहाँ गया उसने अपने चाचा के साथ क्या किया इसके बारे में किसी को कुछ पता नहीं। जब दो दिनों बाद उसी पाकड़ के पेड़ की ओर वाली सड़क से केवल लंबा सफेद कुरता पहने गाँव की ओर आते दिखाई दिए तो लोगों ने कहानी के सूत्र आगे सहज ही जोड़ लिए। लोग कहते जड़ी-बूटी के इस पारंगत भगत को उनके उस मुंहबोले भतीजे ने उनके द्वारा ही लिखाए गए नुस्खे के अनुसार भांग में धतूरा मिलाकर एक ऐसी जड़ी खिलाई जिसका दिमाग पर अचूक असर होता है। मात्रा ज्यादा हो तो दिमाग

फिरने का शर्तिया अंदेशा रहता है। जब उसका असर पक्का हो गया तब रात में उसी पाकड़ के नीचे उनको छोड़ दिया। न किसी को पहचान रहे थे न किसी की बात का कोई जवाब दे रहे थे। जब भी कोई कुछ बोलता तो उसको जवाब में कोई दवाई बताने लगते। वह भी इस तरह जैसी किसी वैद्य ने किसी को कभी न बताई हो।

काशी साव एक कहानी सुनाता कि एक दिन बिना धोती के लंबा कुरता पहने जेबों में ढेला भरे चले जा रहे थे तो मैंने आवाज़ लगाई भगतजी चाय तो पीते जाइए। जवाब में वे बोले, शाम को नियमित तौर पर औषधि की तरह भांग का सेवन करने से पेट की कोई बीमारी नहीं होगी। न कब्ज की शिकायत होगी न पेट कभी खराब होगा। अच्छी नींद आएगी सो अलग। किसी तरह का तनाव भी नहीं होगा। मैं उनको देखता रह गया...

कारण जो भी रहा हो गाँव में जब लोग जुटते तो यही कहते कि भगतजी की मति फिर गई है। उनके ही कारनामों की चर्चा रहती। लंबा कुरता पहने वे अचानक कहीं दिखाई दे जाते। उनको धोती या पाजामा पहनाने की जितनी भी कोशिश की जाती नाकामी ही हाथ लगती। यह सच है कि जब से वे गाँव वापस आए थे कुरते के नीचे कोई भी वस्त्र पहनाए जाने के खिलाफ सत्याग्रह ठाने हुए थे। सचाई जो भी रही हो एक कहानी उनके इस तरह नंग-धड़ंग रहने के कारण भी चल रही थी। कहानी का स्रोत जो भी रहा हो लेकिन लोग कभी अफसोस के साथ तो कभी चटखारे लेकर यह कहानी एक दूसरे को सुनाते। कहने वाले सुनाते कि जब साजन ने यह पक्का कर लिया कि भगतजी की स्मृति जाती रही तो उसने उनको आजाद करने से पहले एक और कारस्तानी की। उनके पायजामे के पाँयचे में उसने बारीक मिर्च रगड़ दिया और फिर वही पायजामा उनको पहना दिया। उसके बाद उनकी क्या हालत हुई होगी आप समझ सकते हैं। वे दौड़ लगाते जब उससे भी अंगविशेष की जलन शांत नहीं हुई तो पायजामा खोलकर दौड़ने लगे। उसी दौरान गाँववालों ने उनको देख लिया था। कहानी सच रही हो या झूठ उनको पायजामा पहनाने की कोशिश जब भी की जाती वे ऐसे विद्रोह कर देते कि लोगों को लगता हो न हो पायजामे में मिर्च लगाने वाली कहानी में कोई न कोई सचाई रही हो।

गाँव में मर्यादा का संकट खड़ा न हो इसके लिए यह तय हुआ कि उनको घर में ही बंद करके रखा जाए। लेकिन सारी कोशिशें नाकाम हो जातीं। रात में वे उसी तरह प्रकृत अवस्था में घर से निकलकर सड़क पर आ जाते। गुजरती गाड़ियों पर ढेला चलाने लगते। कहने लगते इनमें तस्करी का माल है। देश के

नौजवानों को बर्बाद करने का सामान है...कहते जाते और ढेला चलाने लगते। कई बार तो लोग देख लेते तो पकड़कर ले आते। कई बार जब बाद में गाड़ी वाले किसी पत्थर फेंकने वाली आत्मा के किस्से सुनाते तो गाँव वालों को समझते देर नहीं लगती कि वे किसकी कथा सुना रहे हैं। किसके बारे में बातें कर रहे हैं।

बाद में जब भगतजी के भक्तों ने उनकी कथा कहनी आरंभ की तो कहने लगे कि पाकड़ के इस पेड़ के नीचे सबसे पहले ढेलमरवा गोसाईं ने भगतजी जैसे पवित्र आत्मा को अपना स्वरूप दे दिया। उस दिन के बाद से अपनी जेब में वे ढेला लेकर चलते। केवल ठाकुर का कहना था कि ढेला तो वे कुत्तों और बच्चों को स्वयं से दूर रखने के लिए रखते थे जो उनको उस नंग-धड़ंग अवस्था में देखकर उनके पीछे लग जाते। बच्चे पागल समझकर उनके ऊपर पत्थर फेंकते और कुत्ते न जाने क्या समझकर उनके पीछे पड़ जाते। ऐसे में जेबों में भरे ढेले ही उनके काम आते। जिसके चलाते ही कुत्ते और बच्चे दोनों भागते थे। उनके भक्तों ने बाद में जो कथा बनाई उसके अनुसार वे ढेला मार-मारकर लोगों को आशीर्वाद देने लगे थे। लोग तब हम जैसे सांसारिक उनकी माया को नहीं समझ पाए उनके दैवी रूप को समझ नहीं पाए...

खैर...उनको घर में बंद करके रखने की जितनी भी कोशिशें की गईं सब नाकाम रहीं। न जाने कैसे वे रात को बाहर निकल आते और कहते हैं नेपाल की ओर जाने वाली सड़क पर देर रात चलने वाली गाड़ियों पर ढेला चलाने का अपना दैनिक कार्यक्रम शुरू कर देते। एक सुबह वहीं उनकी लहास मिली थी। दोनों जेबों में ढेला भरा हुआ था जिससे उनकी बुरी तरह कुचली लाश को लोगों ने पहचाना था। देखकर लग रहा था सामान से भरे किसी ट्रक के नीचे आ गए हों।

...सब कहानियां पीछे छूटती जा रही हैं। अब तो बस जितवारपुर गाँव है और ढेलमरवा गोसाईं की कहानी। ढेलमरवा गोसाईं की कहानी सड़क से गुजरने वाली गाड़ियों और उसके ड्राइवरों के माध्यम से सीमा के इस पार उस पार फैलने लगी। वहाँ मन्नत मांगने लोग दूर-दूर से आने लगे। अनेक लोग कहते मिल जाते कि ढेलमरवा गोसाईं ने किस तरह उनकी मुराद पूरी कर दी।

तीन साल से वहाँ ढेलमरवा गोसाईं का मेला लगने लगा है पौष मास के शुक्ल पक्ष में एकादशी से मेला शुरू होता है जो पूर्णिमा के दिन नदी में स्नान के साथ समाप्त होता है। मेला बड़ा लोकप्रिय हो गया है। हजारों लोग मन्नतें मांगने आते हैं। मन्नत पूरी होने पर ढेले का चढ़ौना चढ़ाने आते हैं। जबसे लिच्छिवी

टीवी ने अपने धार्मिक कार्यक्रम में ढेलमरवा गोसाईं के प्रकट होने की कहानी का बखान किया है तब से भक्तों की भारी भीड़ यहाँ जुटने लगी है।

आपको कहानी में ऊपर आई मंदिर की चर्चा का स्मरण आ रहा है तो उचित ही है। ...अब पटना के महावीर मंदिर जैसा भव्य मंदिर बनाना है तो धन इकट्ठा करने में समय तो लगता ही है न। गाँव में हमारे आपके जैसे लोग जब मंदिर को लेकर सवाल उठाने लगे तो पिछले साल मेले में हजारों की भीड़ के सामने लक्ष्मेश्वर सिंह ने एलान किया कि आप लोग धीरज रखिए जल्दी ही मंदिर निर्माण का काम शुरू हो जाएगा। वे चाहते हैं कि मंदिर निर्माण का काम एक बार आरंभ हो तो फिर रुके नहीं इसीलिए थोड़ा समय लग रहा है। आशा करनी चाहिए कि मंदिर निर्माण का काम जल्दी ही शुरू हो जाएगा।

आप सोच रहे होंगे कि साजन सिंह जैसा जुनरबी इस कहानी से गायब होकर कहाँ चला गया तो मैं आपसे माफी मांग लूं यह बताना भूल जाने के लिए कि मेले का संयोजक साजन सिंह को ही बनाया गया और जिस तरह सफलतापूर्वक ढेलमरवा गोसाईं का मेला लगातार तीसरे साल आयोजित हुआ उससे उसका रुतबा भी काफी बढ़ गया है। भगवान भरोसे चलने वाली एक राष्ट्रीय पार्टी का जिला महामंत्री बन गया है और जिस तरह से पिछले साल मेले का उद्घाटन उसने पार्टी के राष्ट्रीय महासचिव से करवाया है लोग कहने लगे हैं अगले चुनाव में विधानसभा का टिकट मिलना तो तय ही समझिए। लोग कहते हैं ढेलमरवा गोसाईं ने गाँव की किस्मत ही नहीं बदली उसकी तकदीर भी बदल दी।

कुछ पूछिए तो हाथ ऊपर उठाकर बड़ी अदा से कहेगा सब ढेलमरवा गोसाईं की महिमा है।

ब्रेकिंग न्यूज़ उर्फ इंदल सत्याग्रही का आत्मदाह

लेखक सत्यापित करता है कि यह कहानी पूरी तरह उसकी कल्पना की उपज है और इसका वास्तविक जगत से अगर कोई संबंध जुड़ता है, तो यह महज संयोग ही होगा।

लेखक का नरसिंहपुर से गहरा संबंध है, जो इस नाते जुड़ता है कि उसकी पैदाइश वहीं की है। वैसे अब तो नरसिंहपुर से उसका इतना ही नाता रह गया है कि साल-दो साल में जब भी मौका मिलता है, वह अपने बूढ़े माता-पिता से मिलने वहाँ चला जाता है। इस बार जब वहाँ जाना हुआ, तो उसने देखा कि मेन रोड, नरसिंहपुर के घरों की दीवारों पर जगह-जगह यह लिखावट अभी भी चमक रही है :

इंदल सिह नवीन अमर रहें

इंदल तेरी यह कुर्बानी

याद करेगा मिथिलावासी

मुझे इंदल सत्याग्रही की कहानी याद आ गयी। यह कहानी मेरी स्मृति पर आधारित है जिसमें हो सकता है मेरी कल्पना का भी कुछ योगदान हो। कह नहीं सकता। इस समय मेरे लिए स्मृति और कल्पना की सीमाएँ धुँधली पड़ चुकी हैं...

पिछली बार जब मैं यहाँ आया था, तब नरसिंहपुर में हर ओर इंदल सिंह की चर्चा थी। उसके सत्याग्रह की चर्चा थी, जिसकी वजह से वह एक दिन देश भर के मीडिया के लिए बड़ी खबर बन गया था...ब्रेकिंग न्यूज!

वैसे तो उसका नाम इंदल सिंह नवीन था, लेकिन पिछले एक दशक में नेपाल से सटे बिहार के कस्बे नरसिंहपुर में उसने इतनी बार इतने मुद्दों को लेकर सत्याग्रह किया कि लोग उसे नवीन सत्याग्रही बुलाने लगे थे।

उसके सत्याग्रह की शुरुआत हुई पास के ही बेला-परिहार प्रखंड के महंत रामबरन सिंह के घर भोज के अवसर पर। वहाँ पर उसने अलग-अलग जातियों के हिसाब से तय पंगत में यह कहते हुए बैठने से इनकार कर दिया था कि

जब तक सामूहिक पंगत नहीं बैठेगी, वह खाने पर नहीं बैठेगा। धीरे-धीरे उसके समर्थन में और आवाज़ें भी उठने लगीं। रामबरन सिंह के यहाँ भोज में उस दिन पहली बार उस इलाके में ब्राह्मण-क्षत्रिय-कुर्मी सहित अनेक जातियों के लोगों ने साथ बैठकर खाना खाया। ऐसा पहले कभी नहीं हुआ था। इस घटना के बाद उसकी नेतृत्व क्षमता को लोग पहचाने लगे।

पटना विश्वविद्यालय से बी.ए. की परीक्षा उसने इंदल सिंह के नाम से पास की थी। जब वह ग्रेजुएट होकर कस्बे वापस लौटा, तो उसके पिता ने शहर में अपने जानने वालों के लिए भोज का आयोजन किया। जब कोई उनसे पूछता कि बेटा क्या पढ़कर आया है कि वे शहर भर के लोगों को दावत दे रहे हैं, तो उनका जवाब होता—'यह तो पता नहीं। इतना जानता हूँ कि तीन साल का कोर्स पाँच साल में करके लौटा है।' बाद में कस्बे लौटकर अपने पुश्तैनी व्यवसाय अनाज की खरीद-फरोख्त में पिता का हाथ बँटाने के अलावा वह सामाजिक कार्य भी करने लगा। इस उद्देश्य से उसने अपने नाम के साथ नवीन उपनाम जोड़ लिया। कहता—'नवीन उपनाम का प्रयोग इसलिए करता हूँ, ताकि लोगों को पता चल सके कि समाज में नवीन चेतना का प्रसार करना चाहता हूँ।'

महंत रामबरन सिंह के घर भोज वाले दिन घटी घटना ने जैसे उसके इस नवीन समाजसेवी रूप पर पक्की मुहर लगा दी। बाद में जब कस्बे में पहला कॉन्वेंट स्कूल सेंट लोयला पब्लिक स्कूल खुला, घर-घर अंग्रेजी शिक्षा का रुझान बढ़ने लगा, कई और कॉन्वेंट स्कूलों के खुलेन की चर्चा सुरसंड कस्बे में होने लगी, तब नवीन ने लड़कियों के स्कूल ड्रेस को लेकर सत्याग्रह आरंभ कर दिया। उसका कहना था—'साड़ी न सही, सलवार-कुरता ठीक है, मगर ठेहुना से ऊपर तक स्कर्ट वाला ड्रेस, सो भी सातवी-आठवीं में पढ़ने वाली लड़कियों के लिए? यह भारतीय संस्कृति के खिलाफ बात है। ड्रेस बदलो या स्कूल में तालाबंदी।'

इसी नारे के साथ उसने सत्याग्रह आरंभ किया। महीने भर बाद ही वह अनशन पर बैठ गया। तब टेलिविजन मीडिया का दौर ठीक से नहीं आया था, इसलिए उसके इस नितांत स्थानीय आंदोलन को राष्ट्रव्यापी ख्याति नहीं मिल पायी। लेकिन स्थानीय स्तर पर राष्ट्रवादी पार्टी के कार्यकर्ता उसके साथ धरने पर आकर बैठने लगे। स्कूल प्रशासन ने जब मामले को तूल पकड़ते देखा, तो उच्चतर कक्षाओं की लड़कियों के ड्रेस में बदलाव की घोषणा कर दी गयी। उनका ड्रेस सलवार-कुरता कर दिया गया।

इस घटना के बाद नरसिंहपुर कस्बे के लोग इंदल सिंह को नवीन सत्याग्रही बुलाने लगे।

यह बात अलग है कि दिल्ली में मुँहनोंचवा के आतंक से गाँव वापस भागे मुकेश्वर साह उर्फ मकेसरा जैसे अनेक लोग थे, जिनका यह मानना था कि सेंट लोयला स्कूल की लोकप्रियता से घबड़ाकर स्थानीय स्कूल के मालिकान ने इंदल सिंह को सत्याग्रह के लिए उकसाया था।

इस घटना के बाद तो नवीन सत्याग्रही ने जैसे सत्याग्रह को अपना हथियार बना लिया।

पिछले दस सालों के दौरान इस हथियार का उसने कितनी बार उपयोग किया, यह बताना जरा मुश्किल है। लेकिन मकेसरा जैसे नौजवान जब चौरसिया पान भंडार पर दोपहर-शाम बाबा जर्दा और किवाम डला मीठे पत्ते का पान खाने जुटते, तो अक़्सर यह चर्चा भी चल निकलती कि बेरोजगार इंदलसिंह का यह नया रोजगार चल निकला है।

पाँच साल पहले तो सुरसंड प्रखंड के बी.डी.ओ. साहब के खिलाफ उसके सत्याग्रह की वजह से जाँच बिठा दी गयी थी। बी.डी.ओ. जगतकिशोर शर्मा के ऊपर आरोप था कि वे राशन के कोटे की चीनी और किरासन तेल को काला बाजार में बेच देते थे। इंदल सिंह का बनाया यह नारा उस दौरान कस्बे के बड़ों-बच्चों की जुबान पर चढ़ गया था :

देखो बीडीओ शर्मा का खेल
खा गया चीनी पी गया तेल

बात में कितनी सच्चाई थी, पता नहीं। मगर महीने भर के अंदर ही बी.डी.ओ. साहब के ऊपर जाँच बिठा दी गयी और उनका तबादला पलामू जिले में कर दिया गया, जो काले पानी की सजा से कम नहीं था।

बी.डी.ओ. शर्मा के तबादले के बाद नवीन सत्याग्रही का कद बढ़ गया। कस्बे में यह चर्चा चलने लगी कि जल्दी ही राष्ट्रवादी पार्टी उसे अपनी जिला इकाई का अध्यक्ष बनाने वाली है। कुछ लोग यह चर्चा भी करते कि जिलाध्यक्ष तो नहीं, अलबत्ता नरसिंहपुर विधानसभा क्षेत्र से उसे विधानसभा का टिकट राष्ट्रवादी पार्टी से अवश्य मिल सकता है।

इस तरह की चर्चा के कारण भी थे। बी.डी.ओ. के भ्रष्टाचार के विरुद्ध जो आंदोलन नवीन ने चलाया था, उसकी भी एक अंतर्कथा थी, जिसकी सार्वजनिक रूप से तो कोई चर्चा नहीं करता था, मगर दबी जुबान में सब इस कहानी को दोहरा रहे थे। अंतर्कथा यह थी कि उस इलाके में राष्ट्रवादी पार्टी के सबसे पुराने नेता थे केदार बाबू। कहते हैं कि बी.डी.ओ. ने उनके ऊपर अनाज

की कालाबाजारी का आरोप लगाते हुए जाँच बिठाने की बात कही थी। बस, उसको सबक सिखाने और केदार बाबू से अपनी नजदीकी बढ़ाने का अच्छा मौका देखकर इंदल सिंह ने बी.डी.ओ. के खिलाफ आंदोलन छेड़ दिया।

केदार बाबू की जान-पहचान राष्ट्रवादी पार्टी के शीर्ष नेताओं से थी और इसी आधार पर यह चर्चा जोर पकड़ती जा रही थी कि केदार बाबू ने चाहा, तो इंदल सिंह को विधानसभा का टिकट जरूर मिल जायेगा। वैसे इंदल सिंह राष्ट्रवादी पार्टी का सदस्य नहीं था। वह तो किसी भी पार्टी का मेंबर नहीं था। कहता था—'पार्टी-उर्टी से जुड़कर जनता के नहीं, पार्टी के हित की राजनीति करनी पड़ती है। मुझे यह सब पसंद नहीं। मैं तो अपने इलाके की जनता, अपने समाज की सेवा करना चाहता हूँ।'

विधानसभा चुनाव आया। इंदल सिंह चुनाव में खड़ा हुआ, मगर निर्दलीय। सुरसंड विधानसभा क्षेत्र से राष्ट्रवादी पार्टी के टिकट पर 74 साल की ढलती उम्र में खुद केदार बाबू चुनाव मैदान में उतरे थे। वे कभी विधायक नहीं बन पाये थे। इंदल सिंह उनके विरुद्ध खड़ा हुआ है, यह बात किसी के गले नहीं उतर रही थी।

चुनाव के आखिरी हफ्ते में नवीन सत्याग्रही यह कहते हुए चुनाव मैदान से हट गया कि केदार बाबू जैसे बुजुर्ग के विरुद्ध वह चुनाव नहीं लड़ना चाहता है। उसने अपनी जाति के मतदाताओं से यह अपील भी की कि वे अपना वोट जीवन भर भ्रष्टाचार के खिलाफ लड़ाई लड़ने वाले केदार बाबू को दें।

अब यह उसकी अपील का असर था या क्षेत्र की जनता ने उनकी बढ़ती उम्र का खयाल किया, केदार बाबू उस साल सचमुच राष्ट्रवादी पार्टी के टिकट पर विधानसभा पहुँच गये। चुनाव के बाद दबी जुबान से यह चर्चा कस्बे में चल पड़ी कि इंदल सिंह ने पैसे लेकर केदार बाबू के समर्थन में बैठने का निर्णय लिया। उस दिन कस्बे के एक व्यवसायी नागेंद्र मंडल के घर भोज में इंदल सिंह और उसके ही सजातीय युवा नेता रघुनाथ प्रसाद में हाथापाई की नौबत आ गयी, जब रघुनाथ प्रसाद खुलेआम इंदल सिंह की ओर इशारा करके कहने लगा—'इसने समाज की नाक कटवा दी। हमसे तो कहता रहा कि समाज की इज्जत का सवाल है, इसलिए यह चुनाव लड़ रहा है। लेकिन केदार बाबू से बैठने की एवज में पैसा लेते हुए समाज की इज्जत का खयाल इसको नहीं आया। ऐसे आदमी का तो समाज में भात-पाती बंद कर देना चाहिए।'

'और मैं चुनाव हार जाता, तो कुर्मी समाज की प्रतिष्ठा में कौन-सा इजाफा हो जाता? यह क्यों नहीं देखते हैं आप लोग कि हमारे प्रयासों से केदार बाबू विधायक बने, पटना में हमारा काम होगा। इतने साल में समाज के समर्थन से कोई

जीता भी था...' इंदल सिंह गुस्से से बोलते हुए काँपने लगा था—'मुझे तो लगता है कि भूमिहार-बाम्हनों से पैसा खाकर रघुनाथ मुझे बदनाम करना चाहता है।'

इंदल सिंह का इतना कहना था कि रघुनाथ प्रसाद उसकी ओर दौड़ा। वह तो समाज के बड़े-बुजुर्गों ने बीच-बचाव कर दिया, इसलिए बात ज्यादा नहीं बढ़ी। लेकिन उस दिन से नवीन सत्याग्रही को देखकर सब कहते कि यह पैसे लेकर चुनाव मैदान से पीछे हट गया।

शुरू में पैसे लेकर चुनाव से हट जाने की बात को काफी लोग अफवाह भी मानते रहे। खुद इंदल सिंह का कहना था—'पार्टी के टिकट से लड़ने में तो पार्टी की गाड़ी होती है, झंडा होता है, डंडा होता है, पार्टी का पैसा होता है। निर्दलीय लड़ने में यह सब मैं कहाँ तक कर सकता था? अपने-आप को बेचकर भी उतना पैसा न जुटा पाता, जितना पार्टी अपने एक-एक कैंडीडेट को देती है। इसीलिए सोचा बेचारे केदार बाबू आखिरी बार चुनाव लड़ रहे हैं, विधायक बन जायेंगे, तो उनके जीवन की साध पूरी हो जायेगी।'

लेकिन धीरे-धीरे जब कुछ ही दिनों में जनकपुर हाइवे पर इंदल सिंह का नया घर बनने लगा...न सही किसी महँगी गाड़ी में, वह मारुति वैन में चलने लगा...तब नरसिंहपुर में यह मानने वालों की संख्या बढ़ने लगी कि केदार बाबू से पैसा लेकर इंदल चुनाव से हट गया था। कि उसने अपने समाज के नौजवानों के विश्वास के साथ छल किया था...

इंदल सत्याग्रही के स्थान पर लोग उसे दबी जुबान से इंदल धनाग्रही बुलाने लगे। उसकी बातों का असर भी उसके समाज के नौजवानों पर पहले जैसा नहीं रह गया था। समय से बहुत तेजी से बदल रहा था...देखते-देखते नरसिंहपुर, सीतामढ़ी जैसे कस्बों से भी बड़े-बड़े अखबारों के छोटे-छोटे एडीशन निकलने लगे थे। नये दौर के नेता लोग इन्हीं अखबारों में, जैसे दैनिक हिंदुस्तान, दैनिक जागरण, दैनिक आज, दैनिक आवाज़...इत्यादि में अपने बयान छपवा-छपवाकर नेतागीरी चमकाने में लगे रहते। अब सत्याग्रह करके, आंदोलन करके जेल जाने की राजनीति कोई न करता था। अब नेता लोग अपना व्यवसाय चलाते, पार्टी-नेता के घर चंदा पहुँचाते रहते और बदले में अखबारों में बयान छपवाने के लिए मंत्री, संगठन मंत्री, महामंत्री जैसे पद प्राप्त कर लिया करते। जिस नेता के जितने बयान छपते, जनता उसे उतने ही बड़े नेता के रूप में जानने-पहचानने लगती। लोग उसे सलाम करने लगते। सुबह-शाम लोग पैरवी-सिफारिश के लिए घर पर आने लगते।

देखादेखी इंदल सिंह ने अखबार के संवाददाताओं और संपादकों से संबंध

गाँठने शुरू कर दिये। उसने भी बयान छपवाने की राजनीति शुरू की। मगर जल्दी ही वह दैनिक नमस्कार में छपे अपने एक बयान की वजह से एक ऐसे विवाद में फँस गया कि उसको बयानों की राजनीति से दूर हट जाना पड़ा। केदार बाबू तो चुनाव जीतने के बाद से ही बीमार रहने लगे थे। इसलिए वे भी कोई ख़ास मदद नहीं कर सके।

शहर के एकमात्र डिग्री कॉलेज के प्राचार्य रामानंद यादव के खिलाफ उसने बयान दिया कि 'कॉलेज को उन्होंने माफिया का अड्डा बना रखा है और कॉलेज की लाइब्रेरी में बड़ा भारी घोटाला उनके रहते हो गया है। कॉलेज में पढ़ाई का माहौल प्रभावित हो गया है।' उसके इस बयान के छपते ही जैसे बवाल मच गया। उस छोटे-से कस्बे में रामनगीना कॉलेज के छात्र सड़कों पर उतर आये। उन्होंने दैनिक नमस्कार के छोटे-से दफ्तर के अंदर ही कर्मचारियों को बंद कर दिया। बड़ी मुश्किल से स्थानीय बुजुर्गों की मदद से उन्हें बाहर निकाला जा सका। इंदल सिंह के जनकपुर बाईपास वाले घर में आंदोलनकारी छात्रों ने आग लगा दी। इंदल सिंह अपने परिवार के साथ पहले ही वहाँ से मुजफ्फरपुर निकल चुका था। इसलिए उसकी जान बच गयी।

अन्य अखबारों के विरुद्ध भी छात्रों ने आंदोलन छेड़ दिया। छात्र नेता विनायक बिहारी ने यह घोषणा कर दी—'जब तक दैनिक नमस्कार में इंदल सिंह का माफीनामा नहीं छपता, वे शहर में कोई अखबार नहीं आने देंगे। हमारे प्रिंसिपल साहब के खिलाफ झूठा प्रचार करके कोई अखबार यहाँ अपनी बिक्री नहीं चमका सकता।

दो दिनों के अंदर ही दैनिक नमस्कार के पहले पृष्ठ पर इंदल सिंह का बयान छपा—'रामनगीना कॉलेज के प्राचार्य के भ्रष्टाचार के बारे में मैंने जो कुछ भी कहा, वह वहाँ के एक पूर्व कर्मचारी की सूचनाओं के आधार पर था। मेरी गलती यह है कि मैंने उन सूचनाओं की जाँच नहीं की। वास्तव में, प्रोफेसर रामानंद यादव का संबंध स्वतंत्रता सेनानियों के परिवार से रहा है और इसमें कोई संदेह नहीं कि जबसे उन्होंने रामनगीना कॉलेज के प्राचार्य का पदभार ग्रहण किया है, कॉलेज ने शिक्षा की दिशा में उत्तरोत्तर प्रगति की है। मैं अपने पूर्व के बयान के लिए माफी माँगता हूँ।'

इसके बाद नरसिंहपुर के परिदृश्य से काफी दिनों के लिए इंदल सिंह गायब रहा। न उसकी न उसके किसी सत्याग्रह की कोई खबर कहीं से आयी। किसी मुद्दे को लेकर किसी अखबार में उसके बयान छपने का तो सवाल ही नहीं उठता था। कोई कहता, वह पटना में राष्ट्रवादी पार्टी के प्रदेश अध्यक्ष के निजी सचिव

के रूप में काम कर रहा था, तो कोई कहता, केदार बाबू की कृपा से मुजफ्फरपुर में उसको सुधा डेयरी की एजेंसी मिल गयी थी। दिन-रात वह उसी काम को जमाने में लगा हुआ था। कोई कहता, दिल्ली में एक सांसद के सहयोग से वह एक्सपोर्ट के काम में लग गया था। बहरहाल, वह इस तरह गायब हुआ कि घर की मरम्मत करवाने भी नहीं आया। आग और धुएँ के निशान के साथ वह मकान जनकपुर हाइवे पर वैसे ही खड़ा रहा। लोग तो यह भी कहने लगे थे कि इंदल सिंह नरसिंहपुर छोड़कर भाग गया...

करीब साल भर तक किसी ने इंदल सिंह नवीन की सूरत भी नरसिंहपुर कस्बे में नहीं देखी। हो सकता है, हाइवे वाले अपने अधजले मकान में वह आता हो और वहीं से चुपचाप लौट जाता हो। कस्बे के लोग तो वहाँ जाते नहीं थे। लेकिन अचानक कुछ ऐसी घटनाएँ हुई कि उसकी नरसिंहपुर वापसी का मार्ग प्रशस्त हो गया। एक तो रामनगीना कॉलेज के प्राचार्य रामानंद यादव का तबादला वहाँ से काफी दूर सीवान जिले के मैरवा प्रखंड के डिग्री कॉलेज में हो गया। दूसरे, 'लंबी बीमारी के बाद सुरसंड के वयोवृद्ध विधायक केदार बाबू यानी केदार प्रसाद सिंह का निधन हो गया, जो केवल सुरसंड प्रखंड ही नहीं, सीतामढ़ी जिले में भी राष्ट्रवादी पार्टी के सबसे कद्दावर स्तंभ थे। शिला-पूजन आंदोलन के दौरान उनके प्रवासों से ही बिहार में सबसे अधिक ईंटें नरसिंहपुर जिले से इकट्ठा की गयी थीं।'—दैनिक आज ने उनको श्रद्धांजलि देते हुए लिखा था। बहुत दिनों बाद कई अखबारों में इंदल सिंह का बयान भी छपा था। दैनिक सीतालहर ने इंदल सिंह को केदार बाबू का नजदीकी भी बताया था। खैर, केदार बाबू की अंतिम यात्रा के बहाने उसकी सुरसंड वापसी हो गयी।

तय था कि सुरसंड विधानसभा सीट के लिए उपचुनाव होगा। इंदल सिंह इस मौके को छोड़ना नहीं चाहता था। इस बार तो वह बाकायदा राष्ट्रवादी पार्टी में शामिल भी हो गया। 'केदार बाबू का सपना यहाँ घर-घर खुशहाली फैलाना था। अपना जीवन मैं उनके सपने को पूरा करने में लगाऊँगा।' राष्ट्रवादी पार्टी के प्रदेश अध्यक्ष की मौजूदगी में पार्टी में शामिल होने की घोषणा करते हुए उसने यह बात कही।

राष्ट्रवादी पार्टी में शामिल होने के बाद भी चुनाव की राह आसान नहीं लग रही थी। सत्याग्रही के रूप में जो छवि उसने बनायी थी, वह टूट चुकी थी। अखबारों में बयानबाजी करके फिर से पहचान बनाने में समय लगता। अब बड़े-बड़े नेता टी.वी. पर आकर राष्ट्रीय स्तर पर छाने लगे थे। स्थानीय-प्रादेशिक स्तर पर छाने के लिए भी टी.वी. एक सशक्त माध्यम बनता जा रहा

था। सीटीवी बिहार, आरटीवी बिहार जैसे अनेक चैनल थे, जिनके ऊपर साल में दो-तीन बार भी किसी मामले में बयान आ गया, या झलक भी आ गयी, तो कम से कम अपने इलाके में तो लोग उस व्यक्ति को पहचानने ही लगते थे। समाज में उस आदमी का रुतबा बढ़ जाता था।

खुद इंदल सिंह को भी जब लोगों ने केदार बाबू की अंतिम यात्रा में उनकी अर्थी को कंधा देते हुए सीटीवी बिहार पर सात बजे के समाचार में देखा था, तभी उनको इस बात की जानकारी हुई कि पुराना सत्याग्रही इंदल सिंह नरसिंहपुर लौट आया है।

वापस तो आ गया...चुनाव भी पास...उसके सामने सवाल यह था कि ऐसा क्या करे कि रातोंरात जनता का खोया हुआ विश्वास भी वापस पाया जा सके और उस मुद्दे की बदौलत टी.वी.पर आने का मौका भी मिल जाये। पिछले दिनों खाली समय में जब टी.वी. समाचार चैनल-दर्शन करके वह अपना समय व्यतीत कर रहा था, तब उसकी समझ में एक बात आयी थी कि स्टिंग ऑपरेशन करके रातोंरात यश भी प्राप्त किया जा सकता है और चैनलों से धन भी बटोरा जा सकता है। उसने कोशिश भी की।

सदर अस्पताल की दवाइयाँ खुले बाजार में बेच दी जाती थीं। सारे शहर में इस बात की चर्चा सब करते, पर किसी के पास कोई प्रमाण तो था नहीं। इंदल सिंह ने इस खरीद-बेच का स्टिंग ऑपरेशन करने की योजना बनायी। वह नेपाल के गौर बाजार गया। वहाँ से एक छोटा जासूसी कैमरा खरीदा।

लेकिन वह अस्पताल में स्टिंग करने गया, तो कर्मचारियों को अंदेशा हो गया और उसकी जमकर धुनाई हुई। कैमरा अलग छीन लिया गया। खैर, इस पिटाई से भी उसे दो तात्कालिक लाभ हुए। एक तो यह हुआ कि अखबारों में उसकी तस्वीरें छपीं और उसका बयान भी कि वह एक गरीब मरीज का इलाज करवाने गया था। अस्पताल में उस वक्त कोई डॉक्टर नहीं था। इस बाबत जब उसने कर्मचारियों से पूछताछ की, तो बदले में लोहे की रॉड से उसकी पिटाई की गयी। उसने इस पूरे मामले की उच्चस्तरीय जाँच की माँग की थी। इस प्रकरण से दूसरा लाभ उसे यह हुआ कि सीतामढ़ी की जनता में उसके प्रति थोड़ी-बहुत सहानुभूति आ गयी।

ऐसे में ही यह खबर आयी कि शहर के बीचोंबीच जो जमीन बहुत दिनों से खाली पड़ी थी, उसे मुंबई के बड़े उद्योगपति को मॉल बनाने के लिए दे दिया गया है। खबर थी कि मॉल बन जाने के बाद जरूरत का सारा सामान वहाँ एक

ही छत के नीचे मिलने लगेगा—दूध-सब्जी से लेकर कपड़े-जूते तक। यह चर्चा भी थी कि जब तीन-चार सालों के बाद यह मॉल बनकर तैयार होगा, तब छोटे दुकानदारों का काम-धंधा चौपट हो जायेगा, क्योंकि मॉल में चीनी सामान इतने सस्ते दामों पर मिलने लगेगा कि लोग छोटे-मोटे सामान खरीदने के लिए भी वहीं का रुख करेंगे। यह भी खबर थी कि सरकार ने बड़ी सस्ती दरों पर वह जमीन उस उद्योगपति को दे दी थी। क्षेत्र की जनता ऊहापोह में थी। अखबारों में तरह-तरह की खबरें छप रही थीं।

इंदल सिंह को जैसे मुद्दा मिल गया। उसकी जाति के लोग शहर में सबसे अधिक छोटे-मोटे दुकानदार थे। गाँवों में उसकी जाति के लोग सब्जी उपजाते और शहर में लाकर उसे बेचते थे। उनके रोजगार छिनने का खतरा जताया जा रहा था। नरसिंहपुर शहर का अपना एक धार्मिक महत्त्व भी था। इसी जिले में धनुषा नाम कस्बा था, जहाँ भगवान राम द्वारा तोड़े गये धनुष का एक टुकड़ा आ गिरा था। आज भी उसके दर्शन के लिए लाखों लोग आते थे।

इंदल सिंह ने सरकार से माँग की कि नरसिंहपुर भगवान राम के भक्तों की नगरी है। अगर इस शहर में मॉल बना, तो इससे शहर की संस्कृति भी प्रभावित हो सकती है। इस धार्मिक नगरी की अपनी एक गरिमा है। मॉल-संस्कृति उस गरिमा को नष्ट करके रख देगी। इसके अलावा, जिले में बड़े पैमाने पर शहरी और ग्रामीण रोजगार दोनों होंगे।—दैनिक नमस्कार, दैनिक सीतामाता, दैनिक खोज-खबर समेत मिथिलांचल के सभी प्रमुख अखबारों ने इस खबर को प्रमुखता से छापा। इंदल सिंह ने सरकार को यह चेतावनी भी दी थी कि अगर एक सप्ताह में सरकार ने मॉल बनाने के लिए उद्योगपति को दी गयी जमीन वापस नहीं ली, तो वह मॉल निर्माण स्थल पर आमरण अनशन पर बैठ जायेगा।

प्रशासन की ओर से किसी ने उसके पत्र का जवाब देना तो दूर, पावती की सूचना भी नहीं भेजी। घोषित दिन इंदल सिंह निर्माण-स्थल पर अपने कुछ साथियों के साथ भूख-हड़ताल पर बैठ गया। भूख-हड़ताल पर वहाँ वह अकेला ही बैठा था। वहाँ एक बड़ा बैनर लगा था, जो सड़क से ही दिखाई दे जाता था। उस पर बड़े साफ अक्षरों में लिखा था :

बेरोजगारी बढ़ाने वाले इस बाजार के निर्माण को रोकने के लिए भाई इंदल सिंह नवीन का आमरण अनशन

नीचे बारी अक्षरों में लिखा था :

भगवान राम की इस धार्मिक नगरी में संस्कृति-रक्षा की लड़ाई में नवीन जी को सहयोग दें।

हो सकता है, वहाँ बैठे बाकी लोग उसका सहयोग देने के लिए बैठे रहे हों। पहले दिन सहयोग देने के लिए बाद वे शाम होने पर अपने-अपने घर चले गये। रात में इंदल सिंह वहाँ अकेला ही सोया। वैसे, दूसरे दिन से वहाँ रात में कुछ लोग सोने में भी उसका सहयोग देने लगे।

तीन-चार दिनों तक तो उसके अनशन का कार्यक्रम ऐसे ही ठंडा चलता रहा। उधर भूख से इंदल का बुरा हाल होता जा रहा था। लेकिन न सहयोग के लिए लोग आ रहे थे और न ही प्रशासन उसकी भूख-हड़ताल की कोई सुध ले रहा था। बस, अखबारों में दो-तीन दिनों तक छपता रहा—आज इंदल सिंह की भूख-हड़ताल का दूसरा दिन, आज तीसरा दिन, आज चौथा दिन...

अखबार में सुबह-सुबह खबर पढ़कर सीतामढ़ी के लोगों को धीरे-धीरे इस बात का पता चलने लगा कि उनके यहाँ कोई मॉल भी खुलने वाला है...लेकिन इससे ऐसा क्या नुकसान होने वाला है, जिसकी वजह से भाई इंदल सिंह भूख-हड़ताल पर बैठ गये हैं? सचमुच वहाँ के लोग इस बात को समझ नहीं पा रहे थे। वहाँ के नौजवान तो यह जानकर खुश ही हो रहे थे उनके शहर में भी मॉल खुल जायेगा, तो उनको नये-नये फैशन के कपड़े खरीदने के लिए पटना-मुजफ्फरपुर नहीं जाना पड़ेगा।

लोगों में तो उलटे यह चर्चा होने लगी कि वास्तव में इस जमीन पर राष्ट्रवादी पार्टी के अध्यक्ष रामखेलावन चौधरी की बड़े दिनों से नजर थी। वे इस जुगत में थे कि प्रशासन उस जमीन की नीलामी करे, तो वे उस जमीन को औने-पौने दामों में अपने नाम करवा लें और उसके बाद वहाँ पर वातानुकूलित मार्केट कॉम्प्लेक्स का निर्माण करवायें। खुसुर-पुसुर में ही सही, इस बात की चर्चा जोरों पर थी कि उन्होंने इंदल सिंह को भूख-हड़ताल पर इसलिए बिठाया था कि उपचुनाव में उसके राष्ट्रवादी पार्टी के उम्मीदवार बनाये जाने की चर्चा जोरों पर थी। मुकेश्वर साह ने गोवर्धन पान भंडार पर पान खाते हुए एक दिन इस प्रसंग में एक जुमला क्या कह दिया कि वह नरसिंहपुर के लोगों में चुटकुले की तरह चलने लगा था—'अध्यक्ष जी ने इंदल को इसलिए भूख-हड़ताल पर बिठा दिया है कि अगर भगवान की दया से इसके आमरण अनशन का 'आ' हट गया, तो उससे नरसिंहपुर क्षेत्र में जो सहानुभूति लहर फैलेगी, उसका फायदा उठाने के लिए अध्यक्ष जी चुनाव लड़ जायेंगे और विधानसभा भी पहुँच जायेंगे।'

आमरण अनशन के चौथे दिन इंदल सिंह नवीन की तबीयत बिगड़ने की खबर अखबारों के स्थानीय संस्करणों में छपी। पाँचवें दिन प्रादेशिक चैनल सीटीवी बिहार ने इंदल सिंह नवीन के अनशन की खबर दिखा दी। उसके

रिपोर्टर ने दस मिनट की खबर की थी, जिसमें यह बताया गया था कि किस तरह राज्य सरकार द्वारा बड़ी कंपनियों को दी जा रही तरजीह को यह बड़ा आघात है। किस तरह इंदल सिंह का यह अनशन स्थानीय रोजगार बनाम बड़ी कंपनियों की लड़ाई का बीज है।

बस, इसके बाद तो जैसे इंदल सिंह का अकेला संघर्ष आंदोलन में बदल गया। टी.वी. पर देखने के बाद लोगों को यह समझ में आया कि वास्तव में इस जगह पर अगर मॉल बन गया, तो छोटे दुकानदारों की दुकानदारी खत्म हो जायेगी। अगले ही दिन वहाँ राष्ट्रवादी पार्टी के अध्यक्ष ने रैली कर दी। उस दिन नरसिंहपुर शहर की सारी दुकानें बंद रही। दुकानदार रैली में जो आ गये थे। वहाँ लाउडस्पीकर लग गये। कनातें तन गयीं। सैकड़ों लोगों का जमावड़ा हो गया। पुलिस वाले भी बाहर सड़क पर तैनात कर दिये गये। अनिष्ट की आशंका को देखते हुए।

उस दिन रैली में इंदल सिंह नवीन भी बोला। और क्या खूब बोला—'साथियो, आज बड़ी देशी कंपनी आयेगी। मॉल बनायेगी। कल विदेशी आयेगी। सस्ता चीनी माल सुंदर-सुंदर डिब्बों में पैक करके बेचेगी। दुकानदार भाइयों का क्या होगा? सरकार ने सोचा है? वे कहाँ जायेंगे? गाँव के सब्जी वाले और दूध वाले, उनसे समान कौन खरीदेगा? मॉल बनेगा, तो चमक-दमक तो आयेगी, मगर कितनी बेरोजगारी फैलेगी? यह कैसा विकास है—सोचा है आपने?'

खूब तालियाँ बजीं। जोश-जोश में इंदल सिंह उस दिन यह घोषणा भी कर गया कि अगर दो दिनों में सरकार ने उस मॉल को बनाये जाने से संबंधित प्रस्ताव वापस नहीं लिया, तो वह यहीं, इस ऐतिहासिक नगरी में, आत्मदाह कर लेगा। जी! हाँ! आत्मदाह!

अगले दिन वह फिर खबरों में था। अखबारों ने इस खबर को तो छापा ही, एक अखबार में एक बड़े अर्थशास्त्री ने इंदल सिंह के अनशन को आधार बनाते हुए अग्रलेख भी लिखा, जिसमें उन्होंने यह बताया कि प्रदेश में बाहरी कंपनियाँ इस घटना के प्रकाश में आ जाने के कारण निवेश करने से फिर कतराने लगेंगी। राज्य के आर्थिक भविष्य के लिए यह एक बड़ा अशुभ संकेत है।

मगर प्रशासन की तरफ से कोई आश्वासन नहीं आया। हाँ, यह चेतावनी जरूर आयी कि जल्दी ही यह सब बंद नहीं किया गया, तो धारा 144 लगाकर सबको गिरफ्तार कर लिया जावेगा। सब कुछ शांतिपूर्ण तरीके से चल रहा था, इसलिए प्रशासन भी कोई कार्रवाई नहीं कर रहा था। डी.एम. साहब ने अधिकारियों को 'वेट एंड वॉच' की पॉलिसी पर चलने का निर्देश दिया था।

आत्मदाह की घोषणा की खबर जैसे ही फैली, पटना से ओ.बी. वैनें और मीडिया टीमें नरसिंहपुर की ओर दौड़ने लगीं। सीटीवी बिहार ही नहीं, सारे राष्ट्रीय समाचार चैनलों के संवाददाता अपने-अपने माइक-कैमरों के साथ डटे हुए थे। आत्मदाह के लाइव प्रसारण की तैयारी में कोई वहाँ से हिलने तक का नाम नहीं ले रहा था। कई चैनलों पर इस बात को लेकर लाइव बहस चल रही थी कि इस अनशन की वजह से राज्य में निवेश का जो माहौल बिगड़ेगा, उससे आने वाले समय में प्रदेश को कितने सौ या हजार करोड़ का आर्थिक नुकसान होगा। एक चैनल पर पैनल डिस्कशन चल रहा था, जिसमें विशेषज्ञ इस बात को लेकर बहस कर रहे थे कि इस तरह के विरोध से यह लग रहा है कि छोटे शहरों में भी अपनी पहचान की लड़ाई तेज हो गयी है। इंदल सिंह के आमरण अनशन की खबर एक तरह से टी.वी. के समाचार चैनलों पर लाइव हो गयी थी।

बिजली तो खैर नरसिंहपुर में आज भी कोई ख़ास नहीं रहती, लेकिन तब गर्मी के महीनों में रात को बिजली रहती थी। उस दिन इतवार को सुबह भी बिजली थी और डिश टी.वी. का केबल भी चालू था। सब कुछ लाइव चल रहा था। लोग पहले सीटीवी पर लाइव देखते, फिर घटनास्थल की ओर भागने लगते। सीटीवी के उस ब्रेकिंग न्यूज में इंदल सिंह आत्मदाह करता नजर आ रहा था। लोग देखते कि टी.वी. स्क्रीन पर आग का एक गोला ऊपर की ओर हाथ उठाये भाग रहा है। स्क्रीन पर आ रही लिखावट से वे यह समझते कि यह इंदल सिह नवीन के आत्मदाह का दृश्य है। उनके अपने नवीन सत्याग्रही के आत्मदाह का। रिपोर्टर बता रहा था कि स्थानीय लोगों के रोजगार और संस्कृति पर बाजार के हमले को मुद्दा बनाते हुए इंदल सिंह नवीन ने तड़के आत्मदाह कर लिया। उनको 85 प्रतिशत जली हुई हालत में सदर अस्पताल में दाखिल कराया गया है। उनके आत्मदाह से यह बात साफ हो गयी है कि राज्य में मॉल और मल्टीप्लेक्स की संस्कृति का विरोध काफी तेज हो गया है।

इसके बाद फोन-इन पर देश-प्रदेश के बड़े-बड़े नेताओं के बयान लिये जा रहे थे।

सबके होंठों पर एक ही सवाल था कि आखिर इतने लोगों की मौजूदगी के बावजूद इंदल सिंह नवीन ने आत्मदाह कैसे कर लिया? पेट्रोल कैसे लेकर आया होगा? वह तो आमरण अनशन पर था। सीटीवी के रिपोर्टर ने, कैमरामैन ने जलते हुए इंदल सिंह की फिल्म बनायी। तो क्या वे उसे रोक नहीं सकते थे? सबसे बढ़कर यह कि सीटीवी वालों को कैसे पता चल गया कि इंदल

सिंह इतनी सुबह आत्मदाह कर लेगा? उसे अस्पताल लेकर कौन आया? वहाँ मौजूद पुलिस क्या कर रही थी?

अस्पताल के बाहर मौजूद हर व्यक्ति के मन में यही सवाल थे। कुछ लोग कह रहे थे कि यह बस असल में सीटीवी के रिपोर्टर अभिरंजन कुमार नीलू का किया-कराया है। उसने ही पहली बार टी.वी. के परदे पर इंदल सिंह के आमरण अनशन की खबर बनाकर उसे प्रदेशव्यापी ख्याति दिलायी थी। असल में आत्मदाह की घोषणा ही इंदल सिंह ने उसके उकसावे में आकर की थी। सुबह के चार बजे का वक्त भी उसी ने तय किया था, ताकि वहाँ मौजूद बाकी चैनल वालों को इसकी भनक भी न लगे और अपने चैनल के लिए वह इस खबर को 'एक्सक्लूसिव' बना सके। उसकी योजना सफल रही। शोर-शराबे की वजह से वहाँ मौजूद लोग जाग गये। कोई पानी, कोई चादर, कोई मिट्टी लेकर दौड़ा। तब तक देर हो चुकी थी। वहाँ मौजूद अनेक लोगों का यह कहना था कि जब वे वहाँ पहुँचे, तब तक सीटीवी की टीम जा चुकी थी। बाकी टी.वी. कैमरा वाले थे, जिनके ऊपर भीड़ का गुस्सा भी टूटा और उन सबको वहाँ से पुलिस संरक्षण में भागना पड़ा। इसी वजह से आत्मदाह की फुटेज केवल सीटीवी के पास थी।

मुकेश्वर साह जैसे कुछ ऐसे लोग भी थे, जिनका यह कहना था कि यह आत्मदाह की घोषणा और इस तरह मुँह-अँधेरे इंदल सिंह का आत्मदाह करना सब कुछ राष्ट्रवादी पार्टी के अध्यक्ष रामखेलावन बाबू की सुनियोजित योजना का हिस्सा था। उन्होंने इंदल सिंह को समझा-बुझाकर तैयार किया था कि वह तेल छिड़ककर आग लगायेगा और उधर से लोग कंबल लेकर उसकी ओर दौड़ पड़ेंगे। हो सकता है कि वह थोड़ा-बहुत झुलस जाये। लेकिन उसके बाद जनता में जो समर्थन का ज्वार उठेगा, वह तो इंदल सिंह को लालबत्ती लगी एक गाड़ी दिलवा देगा। उसे विधानसभा पहुँचा देगा। उसके निवास के सामने उसके नाम की पट्टिका लगी होगी—इंदल सिंह नवीन, विधायक। इंदल सिंह तैयार हो गया। मिट्टी के तेल की जगह पेट्रोल छिड़कने की योजना सीटीवी के रिपोर्टर अभिरंजन कुमार की थी। उसका तर्क यह था कि पेट्रोल डालने से लपटें तेज उठेंगी। कैमरे पर वह बड़ा विकराल दिखेगा। टेलिविजन के स्क्रीन पर उसका प्रभाव काफी गहरा पड़ेगा।

सब कुछ तो उनकी योजना के अनुसार ही हुआ। बस, जलते हुए इंदल सिंह पर वे कंबल डालना भूल गये।

सवेरे-सवेरे सीटीवी बिहार के इस ब्रेकिंग न्यूज का परिणाम यह हुआ कि सभी चैनलों के कैमरे सदर अस्पताल नरसिंहपुर के बाहर आ गये। सभी पार्टियों के

स्थानीय बड़े नेता वहाँ इंदल सिंह को देखने आ रहे थे। एक चैनल ने तो राष्ट्रवादी पार्टी के जिलाध्यक्ष महोदय को फूट-फूटकर रोते हुए दिखाया। बारह बजते-बजते मुख्यमंत्री की ओर से यह घोषणा हो गयी कि इंदल सिंह के बेहतर इलाज का हर संभव प्रयास किया जायेगा। आरटीवी तो अपुष्ट सूत्रों के हवाले से यह भी बता रहा था कि शाम तक मुख्यमंत्री भी इंदल सिंह को देखने आ सकते हैं।

शाम होने की नौबत नहीं आयी। सदर अस्पताल में अलग से कोई 'बर्न वार्ड' नहीं था और इंदल सिंह वहाँ से बाहर ले जाये जाने की स्थिति में था नहीं। चार बजे के करीब पहले सीटीवी बिहार के रिपोर्टर अभिरंजन कुमार की आवाज़ पार्श्व में गूँजी। परदे पर ब्रेकिंग न्यूज लिखा हुआ आ रहा था—आत्मदाह करने वाले इंदल सिंह नवीन ने दम तोड़ दिया। इसके बाद वह बता रहा था कि किस तरह नवीन जी बाहरी बड़ी कंपनियों को सरकार द्वारा जमीन दिये जाने से आंदोलित हुए। किस तरह सरकार उनकी माँगों की अनसुनी करती रही और आखिरकार उनको इतना बड़ा कदम उठाना पड़ा। जब वह 'पीस टु कैमरा' दे रहा था, तब पीछे से जनता की आवाज़ें आ रही थीं—'इंदल सिंह नवीन अमर रहे।'

इंदल सिंह की मौत से जैसे सचमुच जिले की जनता आंदोलित हो उठी। आसपास के गाँवों के लोग तो पहले ही काफी आ चुके थे, अब दूर-दराज के गाँवों के लोग भी वहाँ बड़ी संख्या में आने लगे। सरकारी वाहनों को तोड़ा जाने लगा। कई दफ्तरों में आग लगा दी गयी। दो दिनों तक शहर सुलगता रहा। जब मुख्यमंत्री ने परियोजना पर पुनर्विचार करने की बात की, तब जाकर जनता शांत हुई।

इंदल सिंह की मौत पर राजनीति होने लगी। प्रशासन ने सीटीवी के रिपोर्टर पर इंदल सिंह को आत्मदाह के लिए उकसाने का मुकदमा दायर किया। राष्ट्रवादी पार्टी के जिलाध्यक्ष ने उसकी मौत का जिम्मेदार प्रशासन की उदासीनता को माना। उन्होंने अमर शहीद इंदल सिंह नवीन की प्रतिमा लगवाने की बात कही। कुछ दिनों बाद सब अपने-अपने काम में लग गये।

इंदल सिंह धीरे-धीरे खबरों से गायब होने लगा। बाद में क्या होना था। उपचुनाव में सचमुच अध्यक्ष जी यानी बाबू रामखेलावन चौधरी राष्ट्रवादी पार्टी के टिकट पर चुनाव लड़े और जीते। किसी को इंदल सिंह की प्रतिमा की बात याद नहीं रह गयी थी। अध्यक्ष जी ने भी याद नहीं दिलाया।

अब भी नरसिंहपुर में जब कहीं चौक-चौराहे पर पाँच-दस लोग जुड़ते हैं और किसी को इंदल सिंह की याद आ जाती है, तो लोग कहते हैं—'भले मरकर ही सही, देश भर के न्यूज चैनलों पर उसने नरसिंहपुर को ब्रेकिंग न्यूज बना दिया था।'

दूसरा जीवन

मैं तो भूल ही गया था। पिछले कुछ दिनों से मेरे साथ बार-बार ऐसा कुछ नहीं हुआ होता तो मुझे उसका ध्यान भी नहीं आया होता। इंटरनेट की सोशल साइट फेसबुक पर पिछले दिनों मैं बहुत सक्रिय रहा.पुराने दोस्तों से उस आभासी दुनिया में मुलाक़ात हुई, अनेक नए दोस्त भी बने। सब कुछ हंसी-खुशी चल रहा था कि एक तस्वीरविहीन महिला की दोस्ती का प्रस्ताव आया। पहली बार मैंने नाम देखा तो ज़ाहिर है अनजान लगा और मैंने उसे टालू खाते में डाल दिया।

आखिर मेरे जैसे महानगरीय स्वकेंद्रित आधुनिक मध्यवर्गीय की मित्रता सूची में सुमन कुमारी जैसी किसी महिला का क्या काम! लेकिन मैंने देखा उसका प्रस्ताव बार-बार आने लगा।

नहीं ऐसा नहीं है कि मुझे उसका ध्यान नहीं आया। आया, लेकिन उस दिशा में मैंने ज्यादा नहीं सोचा। तवायफों के मोहल्ले में मिली एक महिला इन्टरनेट की सोशल साईट पर। आप ही बताइए एक यथार्थवादी लेखक इस दिशा में कितनी देर सोच सकता है!

लेकिन आदमी एक ऐसा प्राणी है जिसकी सोच सबसे ज्यादा बदलती है। एक दिन मेरी भी बदल गई। एक दिन जब फेसबुक पर उसका मित्रता प्रस्ताव आया तो सुमन कुमारी नाम के आगे कोष्ठक में लिखा था रागिनी संगीत विद्यालय। उसकी कहानी याद आने लगी। जितनी उसने सुनाई थी, जितनी मैंने उसके सुनाये से बनाई थी। सब। लगा समय आ गया है उसकी कहानी लिख देनी चाहिए। मैंने वैसे उसका मित्रता प्रस्ताव स्वीकार नहीं किया। ऐसे लोगों से कोई सार्वजनिक संबंध बनाता है क्या! व्यक्तिगत सहानुभूति अलग बात है।

बार-बार लगता रहा हो न हो वही है। इच्छा हुई कि उससे मित्रता करूं। उसका नंबर लूँ। उससे ढेर सारी बातें करूं। लेकिन फिर ठिठक जाता। एक घंटे की मुलाक़ात क्या इसके लिए काफी होती है...अपने घर-परिवार का ध्यान आ

जाता...फिर मैं उसे किस नाम से बुलाता। उजाले में कोई अँधेरी दुनिया को याद करता है क्या? फेसबुक पर तस्वीरविहीन मित्रता की बात और है...

जीवन में कभी-कभी ऐसा हो जाता है जिसके बारे में हमने कभी सोचा भी नहीं होता है। जो हम सोचते हैं अक़्सर कहाँ हो पाता है। जो जीवन जीना चाहते हैं नहीं जी पाते, दूसरा ही जीवन जीते चले जाते हैं। कितने खुशनसीब होते हैं वे जिनको अपना सोचा जीवन मिलता है, अपनी सोची मंजिल मिलती है—मुझे उसी की बात याद आ गई।

नहीं, मैं उसे जानता तक नहीं था, कम से कम उस दिन से पहले। चतुर्भुज मंदिर के ठीक बगल में जो गली है न। करीब 500 मीटर बाद वह जहाँ से दायें मुड़ती है ऐन उसी मोड़ पर जो एक धूल-धूल मकान है एक शाम मैं उसकी सीढ़ियां चढ़ गया था...उससे मुलाकात हो गई थी।

पहली और शायद आखिरी बार...

मैंने पहले ही कहा था न मैं उसे पहले से नहीं जानता था...

आगे बढ़ने से पहले मैं एक बात साफ़ कर देना चाहता हूँ। न यह कोई कहानी है न मैं कथाकार। देशी-विदेशी संस्थाओं से फेलोशिप लेकर शोध करने वाला एक शोधकर्ता हूँ मैं। वैसे, अच्छे पैसे तो विदेशी संस्थाओं से ही मिलते हैं। देखिये, अच्छा शोध बिना अच्छी फेलोशिप के संभव ही नहीं है, मेरा तो साफ़ मानना है। उस साल मुझे जर्मनी की एक हथियार बनाने वाली कंपनी के संस्थापक के नाम पर स्थापित संस्कृति फेलोशिप मिली थी जो मुझसे पहले देश के कुछ बड़े-बड़े विद्वानों को मिल चुकी थी। फेलोशिप की बदौलत अपने आपको उनकी पंक्ति में खड़ा देख मैं गौरवान्वित महसूस कर रहा था।

परियोजना थी मुजफ्फरपुर के चतुर्भुज स्थान में रहने वाली पुरानी दरबारी गायिकाओं के बारे में एक पुस्तिका तैयार करना, जिसे बाद में दुनिया भर की पारंपरिक गायिकाओं पर छपने वाली एक बहुत बड़ी किताब का हिस्सा होने का मौक़ा मिल सकता था। मैं पिछले वाक्य के 'सकता' को 'है' में बदलना चाहता था। जब आपको इतना बड़ा अवसर मिलने वाला हो तो आप क्या करेंगे? वही, मैंने उनके जीवन, उससे जुड़े किस्सों की तलाश करने में कोई कसर नहीं छोड़ी...क्या मेरे लिए यह भी एक किस्सा है?

शायद हाँ...शायद नहीं...

हर चीज़ की अपनी रवायत होती है। वहाँ रहने वालों की न सही उस इलाके की अपनी रवायत है। कोई कहता सौ साल, कोई तो प्राचीन वैशाली की

आम्रपाली से उसकी रवायत को जोड़ता। आप चतुर सुजानों से क्या छिपा है। जब बात जुबानी हो तो उसका देशकाल कहाँ तक पहुँच सकता है इसकी तो बस कल्पना की जा सकती है। जितनी मुंह उतनी बातें।

वह इस सबसे ज़रा हटकर थी। उस रवायत से भी...और...सच बताऊं तो मैं तो दरवाज़े पर उसके नाम की पट्टी देखकर समझ गया था। नामपट्ट वहाँ हर घर की पहचान थी। जिस घर के बाहर नामपट्ट नहीं वहाँ कोई ग्राहक नहीं जाता था। वहाँ आम लोगों के घर और पेशेवरों के घरों में यही एक अंतर था। आज भी होता होगा।

बात नामपट्ट की हो रही थी। मैंने देखा, हर घर के बाहर बाई, खानम, देवी, मिस जैसे उपनामों वाले नामों के पट्ट लगे थे, उस दरवाज़े के बाहर लिखा था सुमन कुमारी। सच बताऊं इस उपनाम से ही मुझे ऐसी सादगी दिखाई दी कि मैं बिना आगे-पीछे देखे उसकी सिढ़ियां चढ़ गया।

'दुनिया बाज़ार बनती जा रही है। जिसके पास जो हुनर है उसे बाजार में बेचने के लिए बेचैन दिखाई देता है। आजकल तो अच्छे-अच्छे घर की औरतें कहती फिरती हैं, आपके पास कोई हुनर है तो उसे आजमाने में क्या हर्ज है। क्या पता बाजार में अच्छी कीमत मिल जाए। जिसके पास जो है वही बेचने में लगा है। जब मैं जनकपुर में थी तो जानकी मंदिर में भजन गाती थी। अयोध्या वाले पुजारी जी कहते, खूब गला पाया है। इसकी आवाज़ तो दूर तक पहुंचनी चाहिए। जब मैं 'सिया सुकुमारी चली बन-बन प्यारी...' वाला गीत गाती तो वे छेड़ते हुए कहते, देखना यही आवाज़ एक दिन तुम्हें शोहरत भी दिलवाएगी और पैसा भी। एक बार किसी पारखी की नज़र पड़ने भर की देर है...तब मैंने कहाँ सोचा था'...मुझे याद आया वह बहुत जल्दी-जल्दी बोल रही थी। जैसे सब कुछ उसने किताब से रट रखा हो और मुझे सुना रही हो।

सीढ़ियां चढ़कर पहुंचा तो पाया दरवाज़ा खुला था। वहाँ के घरों की यह ख़ास पहचान देखी...जिनके बाहर पेशेवरों के नाम लिखे थे उनके दरवाज़े आने वालों के स्वागत में खुले होते।

'बंद तो उनके दरवाज़े होते हैं जिनके घरों में कुछ छिपाने के लिए होता है। हम तो जो हैं उसी का बोर्ड टाँगे बैठे हैं...गाना गाने के लिए...दरवाज़ा बंद कर लेंगे तो सुनने वाले कैसे आयेंगे'...एक प्रौढ़-सी दिखाई देने वाली महिला दरवाज़े के दूसरी ओर से कह रही थी। उसके चेहरे पर कुमारी वाली मासूमियत नहीं, कातरता झलक रही थी।

शाम अभी गहरी नहीं हुई थी लेकिन कमरे में अँधेरा गहरा गया था। दूर करने के लिए 60 वाट का एक बल्ब टिमटिमा रहा था। समझ नहीं आ रहा था क्या कहना चाहिए। ऐसी जगहों पर क्या कहते हैं। फिल्मों में देखा था क्या नफासत से बुलाती थीं गायिकाएं—आइये सरकार—जनाब आ जाइये...

'अंदर आ जाइये', उसकी आवाज़ की कातरता इस बार कुछ मीठी लगी।

कमरे में दो कुर्सियां दिखाई दे रही थी। उसने बैठने का इशारा किया। बैठकर मैं इधर-उधर देख रहा था कि उसकी वही महीन आवाज़ फिर से गूंजी—

'क्या सुनेंगे?' वह सीधे अपने काम पर आ गई। मैं तो अभी बैठा ही था। कुछ समझ नहीं आया।

'ग़ज़ल...ठुमरी...' हड़बड़ाकर मेरे मुंह से निकला।

'बाबू यहाँ तो फ़िल्मी ही चलता है। सुनने वाले उसी की फरमाइश करते हैं। ग़ज़ल का रियाज़ नहीं रहा...' एकदम नया सुनाऊँगी।

'फिर भी कोई ग़ज़ल तो सुना सकती हैं...'

'पुरानी फ़िल्मी ग़ज़ल कोई सुना दूँगी', लगता है उसने मेरी आवाज़ की व्यग्रता को भांप लिया था। उसे लगा होगा कहीं मैं उठकर चला न जाऊँ।

'ठंढा पीयेंगे...'

'हाँ...'

'क्या...फैंटा या पेप्सी?'

'मैं कोक पिऊँगा...'

'आपकी हर फरमाइश अलग क्यों होती है कहकर उसने नीचे आवाज़ लगाई, एक कोक और एक फैंटा...'

जब भी कोई आता होगा तब इसी तरह आवाज़ लगाती होगी, मैंने मन ही मन अंदाज़ लगाया।

'बाबू, एक गीत के 50 रुपये लूंगी, तबला, हारमोनियम, सारंगी बजाने वाले के लिए अलग से 100-100 रुपए देने होंगे', लगता है ठंढे का ऑर्डर देकर वह निश्चिन्त हो गई थी कि अब मैं वहाँ से कहीं जाने वाला नहीं हूँ।

'ग़ज़ल...मैंने धीरे से कहा...'

'कहा तो ग़ज़ल सुनाऊँगी। देखिये बाबू साहब! आपके जैसे लोग रोज़-रोज़ तो आते नहीं हैं। जैसे लोग आते हैं उनके हिसाब से ही तैयारी करनी पड़ती है।

आजकल भोजपुरी सुनने वाले आते हैं...सो भी गाने के साथ नाच की फरमाइश करते हैं...ऐसे-ऐसे गाने कि...अब छोड़ भी तो नहीं सकती ना। मैं तो वैसे 'झांप-उघाड़' वाले गीत नहीं गाती। लेकिन टाइम के साथ कुछ तो एडजस्ट करना ही पड़ता है...हाँ जल्दी बताइए तो मैं बाहर साजिंदों को बोल देती हूँ, उसने तुरंत बात को बदला...'

'मैं गाना सुनने नहीं आया हूँ। दरअसल, मैं आपसे बातें करना चाहता हूँ। '

'तो पहले क्यों नहीं बताया आपने...आपने बाहर बोर्ड नहीं पढ़ा 9 बजे तक यहाँ सिर्फ गाना-बजाना होता है...बात करके मेरा टाइम भी काहे खराब करना चाहते हैं। अब आए हैं तो आपको गाना तो सुनकर जाना ही पड़ेगा। आखिर साजिंदों की रोजी-रोटी भी इसी से चलती है। सबकी आस लगी रहती है। ऐसे बात करेंगे तो कितने घर में चूल्हा नहीं जलेगा...आपको कुछ पता भी है...' एक सांस में बोलकर जब वह रुकी तो उसकी सांस तेज़ी से ऊपर-नीचे हो रही थी।

'आप मुझसे गाने का पैसा ले लीजिए', उसकी दशा देखकर मैंने तुरंत जवाब दिया। 'लेकिन मैं आपके बारे में कुछ जानना चाहता हूँ। आपकी जिंदगी के बारे में...'

'बाहर मेरा नाम देख लिया, मेरा पेशा जान लिया...यह भी जान लिया कि 5 साल से गा रही हूँ, अब और क्या जानना चाहते हैं आप? आप बताइए, देखकर तो कोई साहब लगते हैं! साहबी से अलग कोई जिंदगी है आपकी? क्या अपने पेशे से अलग इंसान की कोई जिंदगी रह जाती है? जैसा पेशा वैसा जीवन। है कि नहीं?' कहकर मुझे सवालिया निगाहों से घूरने लगी।

'कम से कम दस गानों के पैसे लगेंगे...और हाँ साजिंदों के पैसे अलग से देने पड़ेंगे...वह भी पूरे...' कुछ रुककर उसी ने जवाब दिया। 'और एक बात और।'

'क्या?'

'मैं बताऊंगी वही जो बताना चाहूँगी...आप मुझसे कुछ बताने के लिए ज़ोर नहीं डालेंगे...एक घंटे में चले जायेंगे.'

'मंज़ूर है...'

इस बीच उसका फैंटा और मेरा कोक आ गया था।

सुमन मेरा असली नाम नहीं है, न ही यह जीवन। यह सब बाहर बोर्ड पर लिखने के लिए है। माँ-बाप ने बड़े प्यार से मेरा नाम रखा था मनोरमा। पढ़ाया-

लिखाया बड़े होने पर एक पढ़े-लिखे होनहार आदमी से बांध दिया। बाबू मुझे तो जीवन ने सिखाया है होनहार होने से कुछ नहीं होता। आदमी का अपना कर्म-भाग्य होता है। उसी के हिसाब से उसे मिलता है जितना मिलना होता है। चाहे कुछ कर लीजिए।

शादी के तीन साल बाद भी जब पति अरुण को नेपाल में नौकरी मिलने की कोई सूरत नहीं दिखाई दे रही थी तो उसने रोज़गार के लिए सीमा के उस पार देखना शुरू कर दिया। सफलता भी मिल गई। परदेस में, बिहार के मुजफ्फरपुर में एक अंग्रेज़ी स्कूल खुला था। बड़ा नामी। उसी में साइंस टीचर की नौकरी मिली, रहने को घर का भरोसा, बच्चे को स्कूल में मुफ्त अंग्रेजी शिक्षा का भरोसा। सोचिये और क्या चाहिए एक नए-नए बसे परिवार को। नेपाल में रहने वाले एक मधेशी के लिए इससे बड़ा सपना क्या हो सकता था। मधेशी यानी भारतीय मूल के आदमी के लिए नेपाल में रहना ऐसे ही मुश्किल होता जा रहा था। अरुण कुमार अपने परिवार के साथ जनकपुर से मुजफ्फरपुर आ गया। नेपाली की जगह भारू नोट गिनने का सपना लिए।

कुछ दिन सब कुछ सुन्दर सपने की तरह चलता रहा...

लेकिन पिछले दिनों जिस तरह से हर सुन्दर लगने वाला सपना दुस्स्वप्न साबित हुआ है वही हश्र अरुण कुमार के उस सपने का हुआ। नहीं स्कूल ने उसके साथ किसी तरह की धोखाधड़ी नहीं की वह तो शहर के लोगों ने ही स्कूल के साथ धोखा कर दिया। शहर के लोग तब शायद उस तरह के महंगे स्कूल के लिए तैयार नहीं हुए थे। उस स्कूल के बारे में यह चर्चा फ़ैल गई, बड़ा हाई-फाई स्कूल है। उस समय कम से कम मुजफ्फरपुर जैसे शहर में हाई-फाई स्कूल में अपने बच्चे को कोई नहीं पढ़ाना चाहता था। लोग कहते हाई-फाई स्कूल में बच्चा पढ़ेगा तो हाथ से बेहाथ हो जाएगा। अपने जानते कौन ऐसा होने देना चाहेगा।

दो साल बीतते-बीतते स्कूल अपने किए बहुत से वादों से मुकरने लगा और सेंट कबीर कॉन्वेंट स्कूल के सुन्दर सपने का अंत हो गया। अरुण कुमार जी की तीन महीने की सैलरी स्कूल नहीं दे सका। वे भारत के नहीं नेपाल के नागरिक थे, कानूनन कुछ कर भी नहीं सकते थे। अचानक जैसे सपना किसी धमाके से टूट गया हो।

अगर मुजफ्फरपुर जैसे शहर में किसी की नौकरी छूट जाए तो बड़ी परेशानी हो जाती है। एक तो इतने स्कूल थे नहीं कि उनको दूसरी नौकरी मिल जाए।

जब से नेपाल में माओवादी आंदोलन शुरू हुआ था तब से सीमावर्ती शहरों में नेपाली मूल के लोगों को नौकरी मिलनी थोड़ी मुश्किल हो गई थी। जो थोड़े बहुत अंग्रेजी माध्यम स्कूल थे उन्होंने या तो साफ़ मना कर दिया या इतने कम पैसे देने की बात की कि नौकरी न करने के अलावा उसके पास और कोई ऑप्शन नहीं बच गया। कुछ दिन तो घर में बैठकर अच्छे दिन का इंतज़ार करने लगे। लेकिन समय ने उस इंतज़ार के लिए भी अधिक अवसर नहीं दिया।

मुजफ्फरपुर न तो तब दिल्ली थी न आज है। अगर वहाँ इतने अवसर होते तो क्या लोग ट्रेनों में भर-भर कर रोज़ दिल्ली-बैंगलूर जाने में लगे रहते। नौकरी छूटने से कई संकट तो तत्काल खड़े हो गए। पहला तो घर का था। स्कूल के पास अपेक्षाकृत थोड़े अच्छे और महंगे किराए वाले जिस मकान के पिछले हिस्से में वे रह रहे थे उसको छोड़ के वे शहर से दूर नए बने इलाके में रहने चले गए। दो सालों में परिवार में एक सदस्य की बढ़ोतरी और हो गई थी। तीन महीने पहले ही बेटा हुआ था। बेटी भी स्कूल जाने की उम्र की हो रही थी। अरुण जी ने उसी के नाम पर रागिनी ट्यूशन सेंटर खोला। आगे योजना थी कोचिंग सेंटर खोलने की।

न जाने कितने लोग हैं जो उनकी तरह भविष्य की योजनाओं के सहारे इसी तरह अपने वर्तमान की मुश्किलों से पार पाते रहे हैं। लेकिन मुश्किलें कभी खत्म हो पाती हैं? घड़ी देखते हुए ऐसे बोली मानो परेशानियों के खत्म होने का समय देख रही हो।

सवाल इसका नहीं है कि ट्यूशन चला या नहीं। इतना ज़रूर हुआ घर के किराए के पैसे आने लगे, बच्चों के दूध के पैसे आने लगे। दूर-दूर के गाँव से लड़के मुजफ्फरपुर में पढ़ने आते थे। लॉज में रहकर तैयारी करते, अरुण जी के रेट सबसे कम थे। पैसे बचाने के ख़याल से कुछ लड़के उनके ट्यूशन सेंटर में भी आ जाते। उनका भी काम चल जाता मास्टर साहब की गृहस्थी।

लेकिन बात सिर्फ गृहस्थी चलने की नहीं होती है। कभी-कभी दोनों सोचते अगर इसी तरह से जीना था तो अपना शहर जनकपुर क्या बुरा था। ऐसे मौकों पर अरुण अपनी पत्नी को समझाता, वहाँ रहकर तुम सोचो क्या हम ट्यूशन सेंटर चला सकते थे। लोग कितना हँसते। अगर कोई पढ़ने आता तो पैसा भी ठीक से नहीं देता। फिर वहाँ तो सब अपने होते किससे पैसे मांगते। यहाँ देखो लोग मास्टर साहब कहते हैं। इसी तरह की छोटी-छोटी खुशियाँ जीवन की गाड़ी को आगे बढ़ाने के काम आतीं।

अनजान लोगों के बीच किसी तरह के काम करने में शर्म तो नहीं आती कम से कम...अक़्सर पढ़ता रहता हूँ कि इंग्लैंड, अमेरिका में जाकर अच्छे-अच्छे घरों के लोग टैक्सी चलाने लगते हैं, घरों में नौकर का काम करने लगते हैं...भूल गई हो लगता है...हम भी परदेस में हैं, अरुण बात को समाप्त करने के ख़याल से कहता।

वैसे ये सब कहने-सुनने की बातें हैं। धीरे-धीरे कमाई और खर्च की दूरी बढ़ती गई और उस दूरी से मजबूरी बढ़ती गई। उस मजबूरी ने आखिर मनोरमा के पैर बाहर निकाल ही दिए।

नहीं घबड़ाइये नहीं...

टीवी पर गीत-संगीत की प्रतियोगिताएं बढ़ती जा रही थीं। शहर में बच्चों को संगीत सिखाने का चलन बढ़ रहा था और बाजार की उस बढ़ती मांग को ध्यान में रखकर संगीत विद्यालय भी खुलने लगे थे। पास में ही एक दिन उन्होंने सुषमा संगीत विद्यालय का बोर्ड लगा देखा और चली गई वहाँ बात करने...

उसे अयोध्या वाले पंडितजी की बात याद आई। लगा हो न हो उसकी शोहरत का रास्ता यहीं से जाता हो। क्या पता माँ जानकी ने उसी के लिए यह स्कूल खुलवाया हो। महज संयोग था उसका गला विद्यालय की संचालिका को भी पसंद आ गया। मनोरमा देवी सुषमा संगीत विद्यालय में संगीत सिखाने लगीं। पैसे बहुत तो नहीं मिलते थे लेकिन कहावत है कि ना से हाँ तो हुआ। फिर तो बहुत कुछ हुआ...ऐसा जैसा किसी ने नहीं सोचा होगा। खुद मनोरमा ने भी नहीं।

संगीत विद्यालय की संचालिका बिंदिया प्रसाद अक़्सर उसे बातों-बातों में बताने लगीं कि उसका गला कितना अच्छा है, अगर वह चाहे तो गाने में अपना कॅरिअर कितना अच्छा बना सकती है, बिना स्टेज पर ऑर्केस्ट्रा में गाये भी गाकर पैसे कमाए जा सकते हैं। इस बात ने मनोरमा का ध्यान खींचा—आखिर वो कैसे?

तब बिंदिया प्रसाद ने उसे पहली बार चतुर्भुज स्थान में गाने के बारे में बताया। पहली बार सुनकर तो मनोरमा घबड़ा गई क्योंकि चतुर्भुज स्थान को लोग जिस्म व्यापार की मंडी के रूप में जानते थे। एक ऐसी दुनिया के रूप में जहाँ दिन का उनींदापन और रात का जगरना था। लेकिन धीरे-धीरे बिंदिया ने उसे समझाना शुरू किया...

कभी कहती, गाने का वहाँ कितना पुराना ट्रेडिशन है, वहाँ ब्रजबाला देवी जैसी गायिकाएं हुई हैं जिनके ऊपर देश तो छोड़ो विदेश के विद्वानों तक ने

लिखा है, फ़िल्में बनायी हैं। कम से कम 100 साल की परंपरा है वहाँ गाने की...तुम जैसा समझती हो वैसा वहाँ कुछ नहीं होता, गाने वालों की वहाँ अलग दुनिया है, धंधा करने वाली वहाँ नहीं रहती, वे उसके पीछे की गुमनाम गलियों में रहती हैं। वैसे वहाँ गाने के लिए लाइसेंस लेना पड़ता है। आजकल नया लाइसेंस किसी को नहीं मिलता लेकिन कोई पुरानी गायिका अपना लाइसेंस जब चाहे किसी दूसरे के नाम कर सकती है।

कभी समझाती, 'तुम गलत समझ रही हो। तुम्हारे अंदर हुनर है। उसको समझो। एक बार गायिका के रूप में वहाँ नाम हो गया तो समझो दुनिया में नाम हो गया। बड़ी-बड़ी महफ़िलों में बड़े-बड़े लोगों के सामने गाने का मौक़ा मिलता है सो अलग। मैं तो एक ऐसी गायिका को जानती भी हूँ। बेचारी बुढ़ापा बंगाल के अपने गाँव में जाकर काटना चाहती है। अगर तुम 5000 खर्च करना चाहो तो मैं उसका लाइसेंस तुम्हारे नाम करवा सकती हूँ', बिंदिया ने आँखें मारते हुए कहा था।

उस दिन तो मनोरमा ने कुछ नहीं कहा लेकिन उसके दिमाग में बिंदिया की बात घूमने लगी। और भी कई तरह की बातें...बड़ी होती बेटी की पढ़ाई, आगे चलकर मेडिकल की तैयारी, बेटे की बढ़िया अंग्रेजी स्कूल में पढ़ाई। जमा करने को थोड़ा पैसा ताकि अपने जनकपुर में माँ सीता के मंदिर के पास छोटा-सा ही सही मगर अपना एक घर बनवाकर वहीं मंदिर में भजन गा-गाकर बाकी जीवन काट सके। न सही जवानी दोनों का बुढ़ापा तो आराम से कट सके।

उन दिनों रात को खाना खाते समय अरुण से वह अक़्सर बातें करने लगी थी, सपनों तथा उन सपनों को पूरा करने के लिए पैसे जुटाने, जुगाने की बात करने लगी थी। अरुण का जीवन ऐसा ट्यूशनमय हो गया था कि सारा समय या तो पढ़ाने या पढ़ाने की तैयारी में निकल जाता। वह हमेशा इस कोशिश में लगा रहता उसके पढ़ाये कुछ लड़कों को इतने नंबर आ जाएँ कि उसका ट्यूशन की दुनिया में नाम हो जाए। घर में खुशहाली आती दिखाई दे रही थी। लगने लगा कि अब सब कुछ ठीक हो जाएगा कि तभी कुछ ऐसा हुआ जिसने सब कुछ ठीक नहीं रहने दिया...

मनोरमा उर्फ सुमन कुमारी की जिंदगी की कहानी भी किसी रहस्य-रोमांच की कहानी की तरह लगने लगी है। जैसे ही लगता है कि बस अब सब कुछ ठीक होने वाला है कि कुछ ऐसा हो जाता जो कुछ भी ठीक नहीं रहने देता...

घबड़ाइए नहीं...कोई बिपदा नहीं आई उस पर, मैं भी आपकी तरह कुछ ऐसा-वैसा सोचने लगा था...कलेजा मुंह को आ गया था। 'लेकिन एक बात

बताइए क्या परदेस में रहना किसी बिपदा से कम है क्या? पति की आमदनी का कोई नियमित जरिया न हो, बच्चों की पढ़ाई, घर का किराया, सपनों के बढ़ते बाजार। कौन है जो इनके बारे में नहीं सोचता, कौन है जो इनको पूरा नहीं करना चाहता।' भौंहें सिकोड़कर ऐसे बोली जैसे बहुत दिनों से यह सवाल पूछने के लिए किसी का इंतज़ार कर रही हो।

बेटी अंग्रेजी स्कूल में पढ़ने लगी थी। अब उसका स्टैंडर्ड भी तो देखना पड़ता है। अपने सपनों को तो मार भी ले इंसान लेकिन बच्चों के सपने...घर में रंगीन टीवी होना चाहिए, सबके पापा गाड़ी से स्कूल छोड़ने आते हैं पापा के पास कम से कम स्कूटर तो होना ही चाहिए। शाम में लाइट नहीं रहती है जेनरेटर वाले से कनेक्शन लेना चाहिए...

सपने बढ़ते जा रहे थे हकीकत वही...

बाजार ने शहरों को सपने की दुकान बना दिया है। सपने लिए लोग दूर-दूर से आते हैं। उनको पूरा कैसे करें असली मुश्किल तो यह होती है। उन दिनों मैंने पहली बार उस दूसरे बाज़ार के बारे में सोचना शुरू किया जिसके बारे में बिंदिया बताती थी। सुनने वालों की पसंद का गाना गाओ पैसे पाओ, सच बताऊँ मुझे इसमें कुछ बुराई नहीं लगती थी। लोक-लाज तो वहाँ होती है जहाँ कोई जानने वाला होता हो। जब घर-घर बाज़ार बनता जा रहा हो तो कहाँ का लोक कहाँ की लाज। मनोरमा ने सुमन कुमारी के रूप में ऐसा ही कुछ बोला था शायद।

एक दिन मनोरमा ने अपने पति से खाना खाते-खाते बिंदिया वाली बात बताई। कहा गाना गाने में मुझे कोई बुराई तो नहीं दिखाई देती है। जैसे गाना सिखाना वैसे गाना गाना। लोग तो क्या-क्या तक कर लेते हैं। जानते हैं बड़े शहरों में आजकल गलत काम करते हुए जो औरतें पकड़ी जाती हैं वे सब वहाँ की नहीं होती बाहर की होती हैं। सबके बारे में अखबार में छपता रहता है। उसने थोड़ा रुककर कहा।

पति के चेहरे पर चिंता की रेखाएँ बढ़ गयीं जो पत्नी की इस बात के साथ मिट गयीं, 'पैसे कमाने की कोशिश करनी तो चाहिए लेकिन जो पैसे इज्जत से मिले वही अच्छा लगता है। अगर आप कहेंगे तभी तो कोई काम करूंगी।'

'लेकिन मजबूरी थी कि बढ़ती जा रही थी। हर महीने फीस कहाँ से दें, कैसे दें इसका संकट बना रहता...अब परदेस में न तो कोई उधार देने वाला

होता है न क़र्ज़ देने वाला। क्या करें? अक़्सर पढ़ती हूँ अखबारों में कि दिल्ली-मुंबई जैसे शहरों में जब औरतें काम पर जाती हैं तो अक़्सर उनके बॉस उनके साथ गलत हरकत करते हैं। वे क्या करती हैं काम छोड़ देती हैं—उसने पूछा था।

मैं उनको रोज़ समझाती गाना गाकर ही तो पैसे कमाने हैं। क्या बुराई है। एक बार शुरू करने दीजिए। अगर कुछ ऐसा-वैसा हुआ तो छोड़ दूंगी। आखिर एक दिन उन्होंने कह दिया। ठीक है और सिर गोंतकर खाने लगे। मुझे उस दिन बड़ी हैरत हुई। सचमुच। जब तक मेरा पति मुझे मना करता रहा तब तक मुझे बुरा लगता रहा लेकिन जिस दिन वह मान गया उस दिन सच बताऊँ मुझे अच्छा नहीं लगा। उस दिन मुझे सचमुच इस बात का एहसास हो गया कि इसके बस का अब कुछ नहीं है। दो बच्चे पैदा करना इसके बस में था सो इसने कर दिया। अब जो करना है मुझे ही करना है। जिस दिन मुझे यह एहसास हुआ उस दिन से मेरा संकल्प और मजबूत हो गया। अपने बूते कुछ करने का।

उसने बस एक बात कही—'जब औरत के पैर एक बार घर से बाहर निकल जाते हैं तो उसको रोका नहीं जा सकता। बस कुछ ऐसा मत करना कि इस अनजान नगर में हम किसी को मुंह दिखाने के लायक न रहें।' जब आदमी निकम्मा हो जाता है तो बस जुबान में ही दम रह जाता है। उस दिन से उसकी बातों की परवाह करना मैंने छोड़ दिया। वैसे इस मामले में वह अच्छा है कभी चिल्ला-चिल्ली नहीं करता। नाराज़ होता है तो गुम्मा बन जाता है। कुछ करता नहीं है बस चुप होके मारता है।

वैसे हम दोनों जानते थे कुछ हो भी गया तो यहाँ मुंह देखने वाला कौन है। और फिर मुंह छिपाकर भागने के लिए अपना जनकपुर तो है ही।

वैसे सच बताऊँ तो मुजफ्फरपुर जैसे शहरों में भी अब पहले की तरह मोहल्ला, समाज जैसी बात नहीं रह गई थी। अनजानापन बढ़ता जा रहा था। लोग खाली समय या तो बाज़ारों के नए-नए शोरूम में घूम कर बिताते या टीवी के परिवार-समाज के साथ जुड़कर सुख महसूस करते। वैसे भी अनजान लोगों के बीच रहने से समाज कहाँ बन पाता है। अरुणजी ने इतना ज़रूर किया कि उस मोहल्ले से दूर बेला रोड में शहर के एक दूसरे नए बनते मोहल्ले में रहने चले गए। ट्यूशन सेंटर भी घर से दूर हो गया और अगर कोई पूछता भी तो यही बताते कि संगीत सिखाने जाती है। सुषमा संगीत विद्यालय की ओर से कुछ लड़कियों को घर में जाकर गाना सिखाती है।

एक बात बताऊँ एक झलक में देखने में मनोरमा ऐसी थी भी नहीं कि उसको लेकर कोई ऐसी-वैसी बात सोचता। वह तो उसके आवाज़ में ऐसी कशिश थी कि सुनने वाले उसके मुरीद हो जाते।

बिंदिया ने सब कुछ ठीक कर दिया। तय हुआ 1 रुपये में 15 पैसे लेगी। उसी ने यह कमरा दिलवाया। बाद में पता चला उसने बाज़ार में 12 गायिकाएं बिठा रखी थीं। सबसे रुपये के 20 लेती हूँ तुमसे 15 लूंगी। उसकी शिकायत क्या करूं। एक वही तो है जिसने शहर में सहारा दिया। आज अगर घर में हर सुविधा है, दो-दो बच्चे अंग्रेजी स्कूलों में पढ़ रहे हैं तो उसी की बदौलत। रही बात उसके धंधे की तो वह किसी तरह की बेईमानी नहीं करती। सबका ध्यान रखती है। और एक अनजान औरत से क्या चाहिए। कभी-कभी डर लगता है तो वही हौसला देती है।

मेरा दूसरा जीवन शुरू हो गया। शाम को 4 से 8 या नौ बजे तक सुमन कुमारी बनकर चतुर्भुज स्थान की गायिका बन जाती। वहाँ से बाहर निकलते ही मनोरमा।

पहले यही सोचा था कुछ दिन में कुछ पैसे जमा हो जाएँ तो यह पेशा छोड़ देगी। कमाई हुई भी लेकिन ज़रूरतें भी बढ़ती गयीं।

'डर नहीं लगता था', मैंने पूछा।

'लगता था शुरू-शुरू में। लेकिन अगल-बगल के कमरों में और भी तो रहती हैं गायिकाएं। अगर किसी रसिया का मन बहकता है तो मैं तेज आवाज़ में बोलने लगती हूँ। इशारा समझकर खखारते हुए वे दूसरे कमरों से निकल आती हैं। वैसे बाबू साहब एक बात बताइए ये बड़े-बड़े शहरों में बड़ी-बड़ी नौकरियों में जो लड़कियां काम करती हैं उनको अपने साथ काम करने वाले मर्दों से खुद को नहीं बचाना पड़ता होगा। औरत चाहे किसी ओहदे पर हो, किसी भी तरह के पेशे में हो उसको मर्द एक ही निगाह से देखते हैं। जब तक उनकी नज़रें नहीं बदलेंगी न, मुझे नहीं लगता औरतों की हालत कुछ ख़ास बदलने वाली है...'

जब भी वह इस तरह की बातें करती, मैं सोच में पड़ जाता।

'बाद में तबला बजाने वाले, हारमोनियम वाले, सारंगी वाले ये सब हमारे लिए परिवार की तरह हो गए। हम सबकी रोज़ी-रोटी एक दूसरे से जुड़ी हुई है। वैसे एक राज़ की बात बताऊँ हम कभी किसी कस्टमर को अकेले में गाना नहीं सुनाती चाहे वो कितना ही जाना-पहचाना क्यों न हो। अकेले में अच्छे-अच्छे आदमी को शैतान बनते देर नहीं लगती। राज़ की बात जानते हैं क्या है, हम

साजिंदों के साथ गाती ही इसलिए हैं कि एक कमरे में इतने लोगों के बीच बैठकर गाना सुनते समय सुनने वाला अपने आपको काबू में रख सके। सच बताऊँ तो पहली बार इस परदेस में मुझे इन साजिंदों के साथ रहकर लगा कोई अपना भी है शहर में', वह बातें करते-करते खुलती जा रही थी। 'पहले दो-एक साल कमाई भी ठीक हुई लेकिन जबसे भोजपुरी सिनेमा चला है, कस्टमर जो आते हैं वे अधिक भोजपुरी की मांग करते हैं। अब तो यहाँ आने वाली नई-नई लड़कियों के साथ नाचनेवालियाँ भी रहती हैं। ऐसे ऐसे गीतों के साथ ऐसे ऐसे नाच कि अब तो लगता है हमारा धंधा बंद होने वाला है।'

'फिर आप क्या करेंगी?'

'अब तो मेरे पति का ट्यूशन भी बंद जैसा हो गया है। अब शहर में बड़े-बड़े कोचिंग सेंटर खुल गए हैं। पहले भी उससे कोई उम्मीद नहीं थी अब तो और नहीं रही। छोड़ना तो मैं भी चाहती हूँ इस काम को। बस बेटी हाई स्कूल पास कर जाए, बेटे का अच्छे अंग्रेजी स्कूल में दाखिला हो जाए। फिर देखिएगा मैं जनकपुर में जाकर अपना संगीत विद्यालय खोल लूंगी। वहाँ हम मधेशियों के बच्चे अब हिन्दी गाना खूबी सीखने लगे हैं। देखियेगा...'

मैं कुछ और पूछता इससे पहले उसने घड़ी दिखाते हुए कहा एक घंटा हो गया है। मैं वादे के मुताबिक़ उसको देने के लिए नोट गिनने लगा।

'जानते हैं बाबू मैंने एक घंटे क्यों कहा था। आपने इतने पैसे दिए इसलिए आज मैं किसी कस्टमर का इंतज़ार नहीं करने वाली। ज़रा जल्दी घर पहुंचना चाहती हूँ। रोज़ जब तक पहुंचती हूँ बच्चे सोने की तैयारी में होते हैं। आज आपकी कृपा से उसके साथ कुछ टाइम बिता लूंगी।'

यही है मेरे दूसरे जीवन की सारी कहानी। मेरी सचाई का आइना। आप तो लिखना चाहते हैं न? हो सकता है आपके किसी काम आ जाए। लिखियेगा, 'हम जो करते हैं खुलेआम करते हैं, किसी को धोखा नहीं देते।'

'बस आपसे एक बात कहती हूँ मेरा नाम मत लिख दीजियेगा। अगर कभी कोई जानने वाला पढ़ लेगा और पढ़कर मुझे पहचान लेगा तो मेरी पहली जिंदगी पर इस दूसरी जिंदगी का साया पड़ जायेगा। मेरे इस जीवन को गुमनाम ही रहने दीजियेगा।'

'एक बात है, आज बहुत दिनों बाद किसी से खुलकर इतनी बात की। मन बड़ा हल्का लग रहा है', मेरे बाहर निकलने से पहले यह उसका आखिरी वाक्य था।

उस शाम चतुर्भुज मंदिर के ठीक बगल वाली गली के ऐन मोड़ के उस धूल-धूल मकान से जब मैं निकला तो मुझे हर खुले दरवाज़े के पीछे एक दूसरा जीवन दिखाई देने लगा। हर चेहरे के पीछे एक दूसरा चेहरा। मुझे लगा वह कह रही है, एक आदमी जीवन भर में कितने चेहरे बदल लेता है कभी इस बारे में आपने सोचा है। हर सच के पीछे कितने झूठ छिपे होते हैं...

वैसे एक बात बताऊँ, जैसे आपको यह कहानी कुछ अधिक नाटकीय लग रही है वैसे ही बाद में मुझे भी लगने लगी। इसीलिए तो उसकी बातचीत का छिपाकर बनाया गया टेप, उसकी बातचीत के नोट्स जो मैंने दिखाकर बनाये थे, सब रखकर धीरे-धीरे मैं भूल चुका था। बहुत दिनों तक मैंने उस प्रसंग में कुछ नहीं लिखा। लेकिन जब कभी अपनी किताबों के बीच बातचीत वाली वह डायरी दिख जाती उसकी कहानी याद आ जाती। कभी-कभी उसका ध्यान आ जाता तो थोड़ी देर अपने जीवन की उस रोमांचक घटना को याद करके मन ही मन अपने को गुदगुदा लेता।

जो कुछ भी लिखा है उस शाम की स्मृतियाँ हैं जिसमें एक झूठे जीवन का सच है। एक बार मन में आया उसकी बातचीत प्रकाशित करवा दूं। लेकिन जिस सच की बुनियाद ही झूठ पर हो उसे कौन सच मानेगा। जब इतने दिनों बाद भी खुद मेरा मन भी उसे सच मानने का नहीं होता तो आपका क्या होगा! जाने क्यों आज मुझे अपने मरहूम उस्ताद की पंक्तियाँ याद आ रही हैं। वे कहते थे जब यथार्थ ही इतना अविश्वसनीय हो चला हो तो ऐसे में किसी भी बात पर हैरत नहीं होनी चाहिए।

इस बात पर भी नहीं...मैं सोचता रहा।

वैसे एक बात बताऊँ, आपकी तरह अब मुझे भी यही लग रहा है वह चली गई होगी जनकपुर। वहाँ उसने अपना संगीत विद्यालय खोल लिया होगा।...न जाने क्यों यह भी लग रहा है गली के ऐन मोड़ के उस मकान का दरवाज़ा अब भी उसी तरह खुला होगा...

दूसरी दुनिया का दरवाज़ा जिसके अंधेरों में दूसरे जीवन का वास है।

बोलेरो क्लास

बोलेरो क्लास में जाना है, भइया! आप तो मैनेजमेंट पढ़कर कारपोरेट क्लास में चले गए। हमको बोलेरो क्लास में जाना है...

बोलेरो क्लास, पिक्कू ने जब पहली बार कहा मैं सचमुच समझ नहीं पाया। एक बार अपने गाँव-कस्बे से बाहर रहने लगिए तो उसकी जुबान भी आपको पराई लगने लगती है...उस साल छुट्टियों में गया तो पिक्कू ने बताया शहर के नए-नए आबाद हुए मुहल्ले राजा बाजार के मेन मार्केट में रेस्तरां खोल रहा है। धनतेरस के दिन उद्घाटन है।

उसकी बात सुनकर उद्घाटन के दिन रसमलाई खाना छोड़कर जब मैं उसकी ओर देखने लगा तो मेरी निगाहों में अनजानापन भांपते हुए उसने कहा—

नहीं समझे, आप दिल्ली क्या गए अपने तरफ का सब बात-व्यवहार भुला गए हैं। यहाँ नेता लोगों का फेवरेट गाड़ी वही है...रहते तो देखते मुजफ्फरपुर-सीतामढ़ी में बोलेरो पर सत्तारूढ़ पार्टी का झंडा टांगकर चलने में कितना रुआब है। नसीब में होता है तो आगे विधायक का प्लेट भी लग जाता है, ऊपर लालबत्ती। राजा गाड़ी है राजा! सड़क पर कितनो धूल-धक्कड़ हो शीशा बंद करके एसी चला लीजिए कुछ नहीं बुझाता है, सड़क चाहे कितना भी ऊबड़-खाबड़ हो मक्खन की तरह दौड़ती है उसके ऊपर। इतनी बड़ी कि साथ में चार-पाँच लटक भी चल सकें...और एकाध समाजसेविका भी, उसने धीरे से कान में कहा और जोर का ठहाका लगाया।

पिक्कू यानी पंकज मेरे स्कूलिया दोस्त रमेन्द्र का छोटा भाई है। वैसे कहने को ही छोटा भाई है। मथुरा उच्च विद्यालय, रिंग बांध में एक साल ही जूनियर था हमसे। एक ही ग्रुप था। रमेन्द्र तो इंटर के बाद ही नेवी में चला गया था। उससे तो बरसों से भेंट-मुलाकात नहीं हुई, छुट्टियों में जब जाता तो पिक्कू से ही मुलाकात होती। मैं भी पहले प्राइवेट से मैनेजमेंट करने दिल्ली आ गया और फिर एक प्राइवेट कंपनी में नौकरी करके यहीं रहने लगा। पिछले छह सालों में

कंपनियां तो कई बदलता रहा मगर शहर दिल्ली ही बना रहा। पिक्कू सीतामढ़ी में ही जमा रहा। बी.ए. पास करने के बाद उसने वहीं कई तरह के कामों में हाथ आजमाए...

पहले कुछ दोस्तों के साथ मिलकर एक चिट फंड कंपनी की एजेंसी ले ली। लोग कहते उसने कंपनी का काम अच्छा चलाया शहर में लेकिन कंपनी ही डूब गई। कई लोगों के पैसे डूब गए। पिताजी ने गाँव में खेत बेचकर किसी तरह लोगों की देनदारी चुकाई। लेकिन साथ ही अपने छोटके दुलरुआ बेटे को यह भी साफ-साफ बता दिया, आगे किसी रोजगार के लिए मुझसे कुछ उम्मीद मत रखना जो कुछ बचा-खुचा था सब इस चिट फंड के दंड में चला गया। चिंता मत करिए पिताजी जल्दी ही सूद समेत सब चुका दूंगा–सुनते हैं उस दिन उसने अपने पिताजी को जवाब में कहा और तेजी से कमरे से निकल गया।

उसके बाद उसके बारे में कहानियां तो तरह-तरह की सुनाई देने लगीं लेकिन वह खुद कम ही दिखाई देता। कभी-कभी जब विधायक अजायब सिंह की बोलेरो गाड़ी शहर के मेन रोड से तेजी से गुजरती तो कुछ लोग कहते पीछे वाले शीशे से अक्सर उसका चेहरा भी दिखाई दे जाता। खैर...विधानसभा चुनाव आते-आते यह बात सबके सामने खुल गई। अजायब सिंह की लगातार दूसरी जीत के जुलूस में जब गाड़ियों का काफिला शहर के मेन रोड से गुजरा तो सबने देखा विधायकजी के ठीक पीछे चल रही बोलेरो में बाहर वह भी लटका हुआ एक हाथ उठाए लोगों का अभिवादन कर रहा था।

लोग कहते अजायब सिंह की जीत में उसकी अहम भूमिका थी। पाँच गाँव का भोट अकेले मैनेज किए भइया—उसने मुझे खुद बताया था। लोग कहते चुनाव जीतने के बाद विधायकजी ने उसकी वफादारी का मोटा इनाम दिया। असल में रेस्तरां भी तो उसी चुनाव का प्रसाद है।

जब पिक्कू रेस्तरां का उद्घाटन करने विधायक अजायब सिंह खुद आए तो किसी को इसका कोई शुबहा नहीं रह गया कि विधायकजी से उसकी कितनी नजदीकी है। अब इसे संयोग कहिए या विधायकजी के शुभ हाथों की महिमा कि रेस्तरां के व्यवसाय का हश्र उसके पिछले व्यवसाय से बेहतर रहा। कुछ ही दिनों में रेस्तरां चल निकला। लोग जब उसके बारे में बातें करते तो कहते पिक्कुआ को होटल धार गया...वैसे चर्चाएं तो और भी बहुत सारी चलतीं। बीच में जब-जब गया पिक्कू से कम ही भेंट हुई। हर बार सोचता कि उसके रेस्तरां में जाकर मिलूंगा उससे लेकिन किसी न किसी कारण जाना टलता रहा। अलबत्ता उसके बारे में किस्से खूब सुनने को मिलते रहे...

पता चला कि उसने अपने रेस्तरां में पुराने ढंग के कुछ केबिन लगवा रखे हैं। कॉलेज में पढ़नेवाले नौजवानों के लिए वे केबिन उस शहर में दुर्लभ एकांत उपलब्ध करवाते और इस सुरक्षित एकांत के एवज में वह उनसे अच्छी रकम वसूलता, खाने-पीने के अलग। एक बार किसी ने बताया कि शाम को जब रेस्तरां बंद हो जाता है तो उसके शटर के पीछे नेता लोग जुटते हैं। साकी वाइन शॉप के एक कर्मचारी ने अपना नाम गुप्त रखे जाने की शर्त पर बताया शाम के बाद चार से पाँच बोतल व्हिस्की रोजाना पिक्कू रेस्तरां में जाती है। जितनी मुँह उतनी बातें। खैर...उसके घर में समृद्धि दिखाई देने लगी थी। उसके पुराने घर की बरसों बाद रंगाई-पुताई हुई और जब छोटी बहन की शादी हुई तो शहर के करीब एक हजार लोगों ने उसके यहाँ लजीज खाने का लुत्फ उठाया, पूरा मोहल्ला लाईट से जगमगा गया और गानों के शोर से धमधमा गया। पिछली बार जब उससे मुलाकात हुई तो उसने मुझे खुद बताया था–अगले धनतेरस के लिए बोलेरो का ऑर्डर दे दिए हैं भइया...

धनतेरस आने ही वाला था कि एक सुबह ऐसी खबर आई कि खबरों की खबर बनती चली गई। शहर में नए-नए शुरू हुए अखबार दैनिक अमृत खबर ने विस्तार से लिखा था—शहर में नए-नए आए एस.पी. मयंक खरे ने शहर में अपराध खत्म करने के अपने संकल्प को कार्यरूप देते हुए पिक्कू रेस्तरां पर देर रात छापे की कार्रवाई। कहते हैं कि छापे के दौरान रेस्तरां के ऊपर के कमरों से नेपाल से भगाकर लाई गई छह लड़कियां बरामद हुईं। सूत्रों से पता चला है कि शहर के कुछ गणमान्य लोग भी इस छापे के दौरान पकड़े गए हैं। पुलिस ने बरसों से चले आ रहे देह-व्यापार के एक बड़े रैकेट के खात्मे का दावा किया है, जिसमें अनेक राजनेताओं के भी शामिल होने का संदेह है। रेस्तरां के मालिक पंकज को पुलिस हिरासत में भेज दिया गया है। और भी तमाम तरह की खबरें आने लगीं...

बोलेरो तो नहीं आई लेकिन बोलेरो क्लास में जाने का उसका सपना पूरा हो गया शायद—दीवाली से छठ की छुट्टी के दरम्यान मैं सच बताऊँ यही सोचता रहा। कम से कम बोलेरो पर चलने वाले जिले के बड़े-बड़े नेताओं की पंक्ति में उसका भी नाम तो छप ही रहा था!